岡本賢一
Okamoto Kenichi

放課後退魔録 Ⅳ

ナツメ
Natsume

「桜宮くん、その服、どうにかならないのかね？」
という教頭の忠告に、サヤは真顔でこう答えた。
「これはクラブのユニホームです」

文斗は結界を蹴って飛んだ。
一隻の側面へむかって——。
気づいて、文斗へ機首をむけようとする。
文斗は撃った。軽い一撃で、先端にあるアンテナ部分を——。

放課後退魔録 IV

ナツメ

岡本賢一

角川文庫 13588

目次

MAIN CHARACTERS

九堂《くどう》よしえ

妖魔術クラブの卒業生。財閥の令嬢で妖怪おたく。部の創設者の母星であるメラ星に留学する。

雨神丈斗《あまがみたけと》

紅椿学園妖魔術クラブの部員。サヤたちとの出会いがきっかけで、妖怪が見えるようになる。

桜宮《さくらみや》サヤ

妖魔術クラブの部長。異常なウサギ好きであるが、本物のウサギをかわいいとは思っていない。

彩音寺夏芽《さいおんじなつめ》

丈斗のガールフレンド。妖怪化してしまい、周囲の人間の記憶からその存在自体が消えている。

ミョウラ

豹柄ミニのワンピースを着たセクシーな妖怪。遊天とは古い友人。丈斗の家に居候している。

遊天童子《ゆうてんどうじ》

巨大な番傘を背負い、ウエイトレスの姿をした美貌の妖怪。丈斗の先祖で何百年も生きている。

モーギ

背丈が2メートルほどもある牛鬼。寝起きが悪く、大食い。なぜか丈斗の家に居候している。

ベロル

メラ星の妖魔密造者。危険な妖怪を飼育し、兵器として高く売っているらしい。霧山の仇敵。

霧山遊子《きりやまゆうこ》

妖魔術クラブの創設者。実は妖怪たちを科学的に操る方法を確立した惑星からきた異星人。

あらすじ

　ある日、雨神丈斗は九堂よしえとウサ耳娘・桜宮サヤに怪しげな「妖魔術クラブ」に勧誘される。彼女たちは学校にはびこる妖怪退治を丈斗に手伝って欲しいというのだ。うさんくさいと思い、一度は断った丈斗だが、助けを求める電話を受け、彼に憑いている美貌の妖怪・遊天童子とともに校舎に向かったが、その前に立ちはだかったのは、思いを寄せる少女、夏芽だった。妖怪化した夏芽が操る妖怪たちと戦うことになった丈斗たちは、なんとか勝利するが、その代償は丈斗自らも半妖怪となってしまうというものだった。

　そして、丈斗は妖怪化してしまった夏芽を人間に戻すため、妖魔を倒して『妖魂』を集め始めるのだった。だが、そこにメラ星の秘密結社ベロルが地球侵略のための刺客を送りこみはじめたのだ。そのベロルたちから地球を守るため、丈斗は救世主「ガーレイン」として、地球の妖怪たちを統合し始める。丈斗は本格化したベロルの侵攻を防ぐことができるのか。そして夏芽への想いは——。

◎口絵・本文イラスト／黒星紅白
◎口絵デザイン／山田浩市
◎本文デザイン／廣重雅也（FACE）

序章

夕暮れ刻《どき》だった。ゲームセンターの裏口を出たところの路地で、ふたりの女子中学生は妖魔《ようま》に捕《つか》まった。

厳密には誘《さそ》われたのである。

それは携帯《けいたい》の着メロだった。どこか遠くの方で鳴っている。まるで聞いたことのないメロディーだ。それなのに、ふたりは——、

(あ、わたしの携帯が鳴っている)

そう思いこみ、ふらふらと音のする方へ歩みだした。

(急がないと、切れちゃう。誰《だれ》か友達が呼んでる。わたしを呼んでる)

着メロの聞こえて来る方角へむかって、ふたりの足は、しだいに早くなる。

いくつもの路地を抜《ぬ》け、林に囲《かこ》まれた空き地へと誘いこまれた。

妖魔はそこにいた。車庫のように巨大《きょだい》なガマ蛙《がえる》の妖怪《ようかい》である。長い舌を器用に震《ふる》わせ、着メロに似た音を奏《かな》でている。

ふたりには、その姿が見えていない。

(早く、早く)というあせる気持ちに捕《とら》われ、真実を見極《みきわ》めようとする慎重《しんちょう》さを完全に失っている。

ふたりが近づくと、ガマは大きな口を開け、長い舌でふたりを巻きとった。

と、その時——。

「コラ、待て!」

通りの方から声が響《ひび》いた。

救世主である。ふたりを助けようと、あらわれたのは——、
一匹《ぴき》のイタチに似た小さな妖怪だった。頭に小さなツノが一本だけ生えている。それがなければ、普通《ふつう》の白いイタチと区別がつかないだろう。

不可思議なのは、背中にパンダのヌイグルミをしばりつけていることだ。

そのイタチが後ろ足で立ち、左手を腰《こし》に、右手を前へ突《つ》きだし、ガマを怒鳴《どな》りつける。

「人食いは禁止だ! すぐに、その娘《むすめ》たちを放せ!」

偉《えら》そうではあるが、少しも強そうに見えない。

ガマは一瞬《いっしゅん》(どうしたものか)と考えたが、どこをどう見てもイタチが弱そうなので、舌を巻きとって、パクリとふたりの女子中学生を飲みこんだ。

「コラー! ひとの話を聞いてんのかよー!」

イタチは駆《か》けよると、ガマの顔に飛び乗り、ペチペチと鼻を叩《たた》いた。

「出せ！　早く吐《は》き出せ！　まだ消化されてないはずだ！」

と、小さな手でペチペチと叩く。

しかし、ガマにとってはわずらわしいだけで、少しも痛くない攻撃《こうげき》である。同じように飲みこんでしまってもいいのだが、スカンクのような屁《へ》を口の中でされることを恐《おそ》れた。

「おまえ、なんだよ？」

ガマはそう言って、フン！　と強い鼻息を出し、イタチを顔から払《はら》い落とした。

「僕は、フェレット鬼《おに》のシロだ！　こっちは相棒のユウ」

と、パンダのヌイグルミを指さす。

「で？」

「で、じゃないだろ！　人食いは禁止だ。さっさと吐き出せ！　さもないと……」

「さもないと？　どうするの？」

ガマが舌を出してヘラヘラと笑う。

「そうか、そっちがそのつもりなら！」

フェレット鬼のシロは、パンダのヌイグルミを地面に降ろした。そしてヌイグルミの腹にあるファスナーを開く。中が小物入れになっているらしい。

ガマは身の危険を感じた。しかし、跳《と》んで逃《に》げるには、食べたばかりのふたりの女子中学生が重すぎる。

「言っておくけど、妖怪格闘《かくとう》ランキング六位の天狗《てんぐ》さんと、知り合いだったりするけど、それってどうよ？」

と威嚇《いかく》してみるが、フェレット鬼のシロからは返事がない。いつまでも、ごそごそと中を探《さぐ》っている。

なかなか出て来ない。

ガマはしだいに、なにが出て来るのか気になりだした。

「ねえ、まだー？」

「ちょっと待て！」

「なんでもいいけど、早くしないと消化されちゃうよー」

「あった！　これだ！」

シロはやっとそれを見つけた。小さく畳《たた》まれた紙切れである。それをガマにむけて広げた。

「〇」の中に「雨丈」と書かれた護符《ごふ》である。

「おまえの悪事、アマタケ様が許しておかないぞ。成敗されたくなかったら、さっさと吐き出せ！」

「アマタケ様というと、あの妖怪格闘ランキング〇《ゼロ》位の？」

知能の高い妖怪で、アマタケの名を知らぬものはない。最初にその名を知らしめることとな

っ たのは、妖怪《ようかい》格闘ランキング○位という一位のさらに上を示す順位である。

そんな順位、今まで存在しなかった。

これには、いろいろとわけがあるのだが、表むきはこうである。

ランキングの五位から一位までの妖怪たちが急に、

『現在、多忙《たぼう》にて実戦は回避《かいひ》するが、雨神丈斗《あまがみたけと》は我と同等、もしくはそれ以上の強さを保持している』

という書面を、妖怪闘技委員会（ＭＣＣ）に提出したのだ。

妖怪闘技委員会もこれを認めた。しかし、実戦が無いということで、○位というランキングを仮にもうけ、丈斗に与《あた》えたのである。

二カ月ほど前のことだった。

これに対して当然のごとく「俺は認めん！　アマタケと戦わせろ！」と闘技委員会に迫《せま》る妖怪たちもいた。主に、ランク六位から下の妖怪たちである。

すると不思議なことに「アマタケと戦いたいなら、俺を倒《たお》してからにしろ！」と、多忙を理由にして戦わないランク五位から一位の妖怪たちが名乗り出て来たのである。

こうして、丈斗のランキング○位は、二カ月たった今も、不動となっていた。

「そうだ、そのアマタケ様だ！」

フェレット鬼のシロがそう怒鳴って、護符を近づけると、ガマは急に態度を改め、両手をそろえて頭を低くした。

「これはこれは、アマタケ様のお知り合いとは、どうも失礼しましたです」

「よし。わかったなら、食べたふたりを、さっさと吐き出せ！」

「いや……、しかしなにゆえ、アマタケ様は、人食いを禁止なさっているのでしょうか？」

「アマ連が出した妖怪回覧板、読んでないのかよ？」

「いやー、字が多いのはどうも……」
○位の承認《しょうにん》後、丈斗は賛同者を集めてアマタケ連合会、通称《つうしょう》アマ連を結成していた。ぬらりひょんに、勧《すす》められてのことである。
「まったくもう、地球がやばいことになるかもしれないってのに！」

「やばいんですか？」

「メラ星が地球侵略《しんりゃく》の準備を進めてるんだ。立ちむかうにはまず、すべての妖怪が手を組んで、それからすべての人間たちと手を組まないとダメなんだよ」

たとえ星間戦争が回避されたとしても、地球はいずれメラ星のように、妖怪の存在を人間が認めて共存する世界となるだろう。丈斗はそう考えた。

そのためにはまず、妖怪たちは人食いをやめなくてはならない。

「人間と争いなんかしてたら、メラ星に侵略され、奴隷《どれい》にされちゃうんだぞ。そうなってもいいのかよ！」

「いえ、それは困りますです」

「だったら、早く吐《は》き出せ！」

「……しかし……、こちらにも、こちらの都合がありまして……」

「都合ってなんだよ？」

　ガマはゆっくりと背をむけ、トゲのようなイボの間に貼《は》りついているゼリー状の固まりを見せた。ガマの卵である。

「まもなく、この子たちがおたまじゃくしとなりますです。子供たちは、わたくしの肉体を餌《えさ》として成長しますです。そういうわけでして、わたくしは栄養をつけなくてはなりませんです」

「栄養をつけるだけなら、なにも人を食わなくたって、いいんじゃないのかよ？」

「はい、そうでありますです。わたくしは本来、蒼々山《そうそうざん》の森で暮らす大ガマ。人間など食べなくとも、森の地表から染《し》み出す『気』や、洞窟《どうくつ》に生える金の苔《こけ》などを食べ、生きておりましたです。しかし最近、天轟丸《てんごうまる》と名乗る山鬼《やまおに》が、手下と共にあらわれ、わたくしたち森に住む妖怪を、追い出してしまったのでありますです。それで仕方なく、生まれ育った森を離《はな》れ、なれない街へ降りて、このような人食いを……」

　そう言って、ガマが泣きだす。

「よしわかった。アマタケ様に頼《たの》んで、天轟丸をなんとかしてもらおう」

　と、シロが胸をたたく。

「えっ！　ほんとうですか？　アマタケ様が天轟丸を退治してくれるのでございますですか？」

「そうとは限らないけど……。ともかく、蒼々山の森に戻《もど》れるようにしてくれるはずだ。アマ連は、困っている妖怪たちを救うのも仕事なんだぞ」

「それでは、森へ帰れるのですね。それは誠《まこと》に、誠にありがたき、幸せでございますです！」

「わかったら、早く吐き出せ」

「はい、ただちに！」

　ガマは急いで、腹の中の女の子たちを「ゲエー」と吐き出した。消化液にまみれたふたりが、シロの前に転がる。

　消化液によって髪《かみ》の毛がまだらに脱色《だっしょく》され、肌《はだ》の薄皮《うすかわ》が日焼けあとのようにボロボロであるが、命の心配はない。

　胃の中が心地《ここち》よかったのか、なにか幸せそうな笑顔《えがお》で眠《ねむ》っている。

「胃液の分泌《ぶんぴ》をできるだけ抑《おさ》えておきましたです。蒼々山の大ガマはもう二度と人食いをしないと、どうか、アマタケ様にお伝えくださいませです」

第一章　ビリケンの箱

1

——夢を見た。

キューピー人形のような、頭の大きな幼児の妖怪《ようかい》だった。笑っているのか、怒《おこ》っているのかわからない顔を丈斗にむけて、こう言ったのである。

『丈斗、三人の仙人《せんにん》たちのところへ行って、僕の預けた箱を、開けるといいぞ』

目を覚ますと丈斗はひとり、自室の床《ゆか》で猫《ねこ》のように丸くなって眠っていた。

時計の針は午前五時を示しているが、外はまだ暗い。

三月のまだ冷たい風が、窓ガラスを叩《たた》いている。けれど、十二月の末に家族が引っ越《こ》してから電気が止まっており、部屋には明かりも暖房《だんぼう》もない。

半妖怪となった丈斗には、闇《やみ》も寒さも心地よく、特に不便は感じていない。

だが、しだいに人間社会から離れてゆく、言いようのない寂《さび》しさだけを感じていた。

丈斗はいつものように顔をあげ、部屋の隅《すみ》に目をむける。

けれどもう、そこに夏芽《なつめ》の姿はない。

夏芽が去ってから数ヵ月がたつというのに、丈斗はいまだ、その姿が部屋の中にあるように錯覚《さっかく》することがあった。

今日のように、なにか気がかりな夢からふいに覚めた時などは、特にそうである。

「遊天《ゆうてん》！」

呼ぶとすぐに、自室の扉《とびら》が微《かす》かに開き「なんだ？」と遊天童子が答えた。まるでずっと、廊《ろう》下《か》で待機していたかのように。

「今、変な夢を見た。そう……、あれはビリケンだ」

夢の中ではわからなかったが、通天閣《つうてんかく》の展望室にあった「ビリケン」の像にそっくりだったことに、丈斗は気づいた。

「ビリケンさんの夢か？　それは縁起《えんぎ》がいい。で、なんと言った？」

ドアを大きく開き、遊天童子が部屋の中に入って来る。

その顔を見て、丈斗は言った。

「遊天、少しやつれたんじゃないのか？」

「そうか？」

「もしかして、月華《げっか》のせいか？」

家族が越してから、両親が使っていた寝室《しんしつ》で、月華と遊天童子が暮らしている。寝室とはいっても、絨毯《じゅうたん》さえ残ってはいない。

すぐにその意味を理解した遊天童子が、頬《ほお》を赤らめて怒鳴《どな》る。

「ちがう！　月華の背負っている妖刀のせいだ！　あれが俺の体力を奪《うば》うんだ！　月華に指一本、触《さわ》らせてない。変な勘《かん》ぐりをするな！」

すると、その月華がスイと遊天童子の横にあらわれ、首を横にふった。

「いやいや、指の一本か二本は出したような気がするぞ」

遊天童子が背中の番傘《ばんがさ》を外して、月華に殴《なぐ》りかかる。それを予期していた月華が、身を引いてかわした。

「じゃあ月華、わかったのか？　遊天が、男なのか女なのか？」

と丈斗も笑いながら窓を開け、外へ逃《に》げる準備をする。

「いや、まだだ。だが、胸の感触《かんしょく》は本物っぽかった」

感触を思いだしながらそう言った月華を、遊天童子の鋭《するど》い突《つ》きが襲《おそ》う。月華は、ギリギリで横にかわし、廊下の奥へ逃げた。

「待て月華！」

「でも、今どきのシリコンパッド、すごくよくできてるらしいぞ」

言って丈斗も、すばやく窓から外に逃げた。

「コラ丈斗！」

怒鳴る遊天童子を残し、丈斗は二階の窓から、隣《となり》の家の屋根へ飛ぶ。猫のように軽い身のこなしだ。

妖怪化が進み、丈斗は以前にまして重力を感じなくなっていた。まるで風船のように体が軽い。

屋根から屋根へと飛び移り、風を切って進む。いつものように、紅椿《べにつばき》ニュータウンの中央にそびえ立つ、電波塔《とう》を丈斗は目指す。

それが街で一番高い建物である。

工事関係者しか登れないような塔のてっぺんまで登り、細長い避雷針《ひらいしん》に腕《うで》をかけ、丈斗は東の方角へ視線をむけた。

明かりは消えているが、Lマックスの大観覧車が、薄闇《うすやみ》の中にぼんやりと浮《う》かんで見えた。

Lマックスへ行こう。そう夏芽と約束をした。けれどまだ日程は決まってない。

母親が心労で倒《たお》れてしまい、夏芽は今、家を離《はな》れることができないのだ。

夏芽が妖怪化してしまったため、母親は一年近く娘《むすめ》の存在を忘れていたのである。そこへ夏芽という娘がふいに帰って来た。母親は、すぐに「娘はずっと居たのだ」と思いこみ、矛盾《むじゅん》を消した。

しかしそれでも、多くの矛盾がさまざまな生活の場面で発生してしまう。娘の食器がない。部屋がない。アルバムがない。娘が居たことを、誰《だれ》も記憶《きおく》していない。その歪《ゆが》みを無視しつづけることが重荷となって、母親はストレスを溜《た》めこんでしまったのだ。

――『心配かけてごめんね。母さんは少しずつよくなってます。父さんが仕事で忙《いそが》しいので、母さんのかわりに家事をしてます。だいぶなれました。家事にも、生活にも、自分の体にも。まだ、はっきりと約束できないけれど、春か夏には、そちらへ行きます。ナツメより、丈斗くんへ』――

夏芽からそんなメールが来た。丈斗は、

――『急がなくていいよ』――

そうメールを返した。夏芽からのメールは、日に少なくとも二回は来る。

――『おはよう』――

――『おはよう』――

――『そちらはどうですか？』――

――『相変わらず。アマ連の役員は人数が増えて、もう名前も覚えられなくなった。いろいろと雑用も増えてる』――

――『ベロルの動きが心配です。戦争になるでしょうか？』――

――『霧山《きりやま》さんは、どうにか戦争は回避《かいひ》できそうだと言ってた。俺たちもそう願ってる』

――

――『私も、そう願ってます』――

――『おやすみ』――

――『おやすみなさい』――

丈斗は携帯《けいたい》に残っているメールを読み直し、

――『昨日、卒業式だった。級友たちを遠くから見た。みんな元気そうだった』――

と打って、すぐに消す。

(なにもこんな、気分の暗くなるメールをわざわざ出さなくてもいい)

「バカは高いところに登りたがるというが、本当だな」

塔にあがって来た遊天童子が、下から丈斗にそう声をかけた。

「バカもわるくない」

丈斗は携帯をしまって、観覧車へ目をむけた。空が少し、明るくなりかけている。

わずかに温《ぬる》んだ空気が、街の上空を流れてゆく。

「寂《さび》しいなら、会いに行ったらどうなんだ？」

と、観覧車を見据《みす》えて遊天童子が言う。丈斗も顔をむけずに答えた。

「別に、寂しくなんてないさ」

嘘《うそ》ではない。

確かに夏芽は遠くへ行ってしまい、そう簡単には会えない。けれど、いっしょに暮らしていた時よりも、丈斗はその存在を身近に感じていた。

丈斗の部屋に居た時の夏芽は、感情の希薄《きはく》な植物に近い存在だった。呼びかけても、視線さえむけようとしなかった。

けれど今はちがう。

会うことはできないが、メールや電話で毎日、お互《たが》いの存在を確かめあうことができている。今はそれだけで満足だった。

――寂しくはない。

家族とも離ればなれとなっているが、そのぶん、丈斗の周りには彼を心配してくれる多くの仲間がいる。

「慌《あわ》てなくたって、すぐにまた会える。それにいろいろと、今はこっちの仕事が多いし」

「アマ連の仕事のことなら、俺たちだけでどうにか」

「そうはいかないよ。天轟丸の一件とか、もう俺が出て行かなきゃダメだろ？」

「それはまだ……。とにかく、おまえが無理をしてないなら、それでいい」

「無理なんかしてないさ」

丈斗は大きくのびをしてから「あっ」と小さく声をあげた。

「そうだ、夢だ。ビリケンの夢を見たんだ」

2
「来たか、丈斗」「こっちじゃ」「もちょっと、近くに来い」

壇上《だんじょう》に並んで座っている海仙人《うみせんにん》、山仙人、猫《ねこ》仙人が丈斗を呼ぶ。

妖怪闘技委員会《ようかいとうぎ》（MCC）は現在、銀座四丁目に移転していた。歌舞伎座《かぶきざ》の裏手にある小さく古いオフィスビルである。移転してから、まだひと月とたってない。

「どうじゃな丈斗、新しいオフィスは？」

仙人たちは満足そうだが、室内の様相はまったく以前と変わってない。むしろ壁《かべ》が古くなり、車の騒音《そうおん》がプラスされている。

ただ以前の場所よりは交通の便がいいため、紅椿ニュータウンからは二時間の距離《きょり》だ。

仙人たちが『銀座にオフィスがある』という見栄《みえ》のためだけに、移転したのがみえみえである。

「ええ、まあ、いいんじゃないですか……」

と曖昧《あいまい》な返事を丈斗がすると、それを誉《ほ》め言葉と捕《と》らえた仙人たちが「そうじゃろう。そうじゃろう」とうなずき、いかに銀座が高級で歴史ある街かを語りはじめた。

「すいませんけど俺、いろいろと仕事があって、急いでるんですけど」

遮《さえぎ》ってそう言うと、仙人たちは唇《くちびる》をタコのように突《つ》きだし、露骨《ろこつ》に不満そうな顔をした。

「わかっておる」「そうであろう」「アマ連の活躍《かつやく》は聞いておる」

中央の山仙人が、小さなブリキの箱を差しだした。クッキーかなにかが入っていたような、花と女の子の描《えが》かれたブリキ箱で、ところどころにサビも浮《う》いている。

「おまえさんから電話が来る前にわかっておった」「おまえさんが、これを開けに、ここへ来るのをな」「わしらも夢を見たのじゃ、同じ夢をな」

「ビリケンの?」

「これこれ、呼び捨てはいかん」「様でも、殿《どの》でもダメじゃぞ。ビリケンさ、ん、と呼ぶのじゃ」

「ビリケンさんは、妖怪の中でも、神の位に登られた方じゃぞ」

「だから、夢の中にしかあらわれないわけですか?」

「そのとおりじゃ」「それでもって、これがその箱じゃ」「ぜんぜんそう見えんかもしれぬが、これがビリケンさんから預かった箱じゃぞ」

威厳《いげん》のある古めかしい玉手箱か宝箱のようなものを想像していた丈斗は、少しがっかりした。その箱も確かに古いが、せいぜい三十年くらいしかたっていないだろう。

「いつ預かった物かよくは覚えてないが、わしら三人、同時に同じ夢を見たのじゃ」「この箱を預かってくれ。時が来るまで絶対に開けるな。――と、夢の中でビリケンさんが言ったのじゃよ」「そして目を覚ますと、門の前にこの箱が置かれておった」

絶対に開けるなと言ったわりには、鍵《かぎ》もなにもついてない。落としただけで、簡単に開いてしまうだろう。

「さあ丈斗、開けるがいい」

「中に、なにが？」

「さあ、わからんな」「軽いぞ」「ふっても音はせん」

丈斗は恐々《こわごわ》と、箱を手にした。確かに軽い。

フタに手をかけて、そっと開ける。

中はカラだった。いや、小さなエレメントが一粒《ひとつぶ》だけ入っていた。

ホタルのようにふわふわと飛びあがり、丈斗の胸の中へ消える。

それだけだった。まったく、なにも起こらない。丈斗は胸に手をあて、自分の肉体になんらかの変化が起こっていないか、意識を集中させてみた。

まるきり、微妙《びみょう》な変化さえ感じられない。

丈斗は納得《なっとく》いかず、救いを求めるように三人の仙人たちを見た。

「今のは？」

「ビリケンさんのエレメントのようじゃなー」

「どんな力が？」

「そのエレメントには、たぶんまったく、なんの力もない」「無力であり、無害じゃ」「ただの飾《かざ》りじゃよ」

「どういうことなんですか？」

「おまえさんはまだ、妖怪になって日が浅い」「この世界をよく理解しておらぬ」「まあ、いずれよくわかるじゃろう」

「今、教えてもらえませんか？」

三人の仙人は、背筋を伸《の》ばすと、あらたまった口調で話しはじめた。

「ビリケンさんは、幸運の神様じゃ」「ビリケンさんに選ばれた者は、確実に幸運をつかむ」

「このことは、妖怪どころか人間たちでさえ、よく知っていることじゃ」

「丈斗、おまえは選ばれたのじゃ」「ビリケンさんが、おまえにエレメントを与《あた》えた」「この事実だけで充分《じゅうぶん》なのじゃ」「わかったか？」

丈斗は大きく首を横にふった。

「いえ、さっぱり」

「よい。いずれわかる」「さっさと帰って、アマ連の仕事にはげめ」「わしらも暇《ひま》ではないぞ」

それぞれがノートパソコンを立ちあげる。三仙人はどうにか最近、メールとネットだけはできるようになっていた。

忙《いそが》しいと言いながら、見ているのはろくでもないサイトばかりである。

「あの、この箱はどうすれば？」

ブリキの箱をもちあげて丈斗がたずねると、仙人《せんにん》たちは部屋の隅《すみ》に並んだゴミ箱を指さした。

「空き缶《かん》類は、左端《ひだりはし》の箱じゃ」「ちゃんと分別して捨てるのじゃぞ」

「えっ？　捨ててもいいんですか？」

「それはもうただの箱じゃ。意味はない」「ビリケンさんにもらった箱だと言ったところで、そんな箱では、誰《だれ》も信じはせん」「捨てるか、小物入れにでもするがいい」

そんなものか、と思いながら箱の裏を見ると『賞味期限』のシールが張られていた。これで、元は食べ物の缶だったことがあきらかである。

丈斗はゴミ箱へむかって投げ入れようとして、ふと、手を止めた。

なんとなく捨てづらい。かといって、持ち帰っても使いみちはない。

「捨てぬのか？　丈斗」

後ろから猫《ねこ》仙人が言った。

「もう一度、預かってもらえませんか？」

「よかろう。だが、空の箱は預かるわけにはいかぬ。なにか中に入れるがよい」

丈斗はポケットの中を探《さぐ》った。シワだらけの『雨丈の護符《ごふ》』が一枚、出て来た。それを缶の

中に入れ、フタをして差しだすと、

「うむ」「それでよい」「預かろう」

満足そうに、三仙人たちがうなずいた。

3

丈斗が戻《もど》るとすぐに、アマ連のミーティングが、紅椿学園の使われていない地下駐車場《ちゆうしやじよう》ではじまった。

ミーティングと言っても、丈斗がそれに参加することはまずない。

主に部屋の隅でひとり『護符』づくりである。

半紙大の和紙を四分の一に切り、筆に顔料性の耐水《たいすい》インクをつけて、気合を入れて書く。

「〇」に「雨丈」の文字である。毎日のように、何十、何百と書いているが、まだまだ足りない。

外では『雨丈の護符』を求める妖怪《ようかい》たちの列が並んでいる。

「悪さをする鬼《おに》がおり、困っております。ぜひアマタケ様の護符を、私に授《さず》けてください」

そう悩《なや》みを持つ妖怪たちが訪《おとず》れる。

「よかろう。だがこの護符を悪用した場合は、アマタケ様の怒《いか》りにふれ、妖魂《ようだま》を抜《ぬ》かれることを覚悟《かくご》せよ」

と、受付の妖怪がそう言って、わりと簡単に護符を渡《わた》す。

特に金品を要求してはいないが、妖怪たちはなにかしら「お収めください」と置いてゆく。酒や米、魚、野菜などが多い。これを人間に化けた妖怪たちが、街へ売りにゆき、その金がアマ連の資金となっている。

中には絶大な効果に感謝し、後から小判や刀などの家宝を持って来る妖怪もおり、会の預金通帳の残高は増え続けていた。

もともと妖怪はひと気のない野山で暮らしているため、めったに金など使わない。

例外は丈斗だった。半妖怪であるため、どうしても生活費がいる。

衣料費や食費、携帯《けいたい》電話の使用料など、それほど高額ではないが、アマ連の資金から維持費《いじひ》として丈斗に渡されていた。

自分の書いた護符が実際に、多くの妖怪たちを助けているのだから、当然と言えなくもないのだが、丈斗は今ひとつ釈然《しゃくぜん》としなかった。なにやら、似非《えせ》宗教の教祖となって、妖怪たちから金品を巻きあげているような、後ろめたさが拭《ぬぐ》えない。

「そんなことはないぞ丈斗」と、モーギは言う。

「アマタケの護符を手にした妖怪たちは皆《みな》、仲間意識を持つようになっている。妖怪たちがつるんで大小のグループを作ることはあるが、アマ連ほど大きな団体は今までなかった。バラバラだった妖怪たちを統一に導く第一歩だ！

だからこの護符づくりは、おまえにしかできない重要な仕事だ。つまらんことを考えてないで、気合を入れてもっと作れ！　第一、ありがたい護符を作るアマタケ様が、食うに困ってコンビニでバイトしていたのでは、威厳《いげん》がなさすぎるではないか」

そのとおりですよ雨神さん。と、ぬらりひょんも言う。

「全妖怪の統一だけではなく、すべての人間たちにも護符を配り、全世界を、地球を、ひとつに統一してしまうのです」

「全世界の人間だけで六十億もいるんだぞ。そんなに書けるわけないって！」

「では印刷で、大量にドーンと」

「えっ、いいの？　そんなんで？　俺は楽でうれしいけど」

「却下《きゃっか》だ！」

役員の妖怪たちが声を合わせて怒鳴《どな》った。

アマ連の役員は、現在十五名ほどになっている。

ぬらりひょんは相談役。モーギは取締役《とりしまりやく》。他《ほか》にも、親方、統領、頭目《とうもく》、ボス、社長、主席、総理、などと勝手に名乗っている。子供の集まりといっしょで、誰も役職の上下を気にしていない。

十五人の役員たちは、毎日のように、アマ連に持ちこまれる様々な難問の解決策を模索《もさく》するのだ。

最近は妖怪だけではなく、人間からの難問もアマ連に持ちこまれるようになった。

「わたくし、退魔《たいま》を生業《なりわい》としている者です。今回、どうにも手におえない事件に遭遇《そうぐう》しました。なにとぞ、アマタケ様のお力をお貸しくだされたし」

人間の退魔士からの依頼《いらい》だった。知り合いの妖怪からアマ連のことを聞いて来たのである。

それは確かに、厄介《やっかい》な事件だった。

はじまりは、十四歳になる少女の体に、護符《ごふ》の文字が浮《う》きだすという不可思議な現象からである。

まるで耳なし芳一《ほういち》のように、墨《すみ》で書いたような細かい文字がびっしりと全身を覆《おお》い、刺青《いれずみ》のようにこすっても落ちないという。

文字は髪《かみ》の下の頭皮にまで書かれており、あきらかに人の仕業《しわざ》ではない。

退魔士は娘《むすめ》の父親から依頼を受け、退魔を開始したが、妖魔の力が強く、まるで歯が立たなかった。

アマ連はすぐに使者をひとり、少女のもとへ送った。

少女の体に護符を描《えが》いたのは『朱伝僧《しゅでんそう》』と名乗る強い妖力を持った妖怪の僧侶《そうりょ》だった。人間だった頃《ころ》に退魔士をしていたこともあり、その妖術も並みではない。

朱伝僧は言った。

「死んだ母親の頼《たの》みにより、わしは現在、この娘の守護神をしておる。全身に護符を描いたのは、妖魔《ようま》からその身を守るためだ。文字を消したいなら、外の妖魔たちをなんとかせよ」

確かに、少女の家のまわりには、その命を狙《ねら》う無数の妖魔たちが、黒雲のように渦巻《うずま》いていた。

アマ連の使者は、妖魔たちにたずねた。

「なぜ、娘の命を狙う？」

妖魔たちは答えた。

「知らん」「頭目様に聞け」「わしら、頭目様の命令で動いているだけだ」

「頭目様は、どこだ？」

「蒼々山の森にいる」「御《お》名前は天轟丸」

それを聞いたモーギたちはうなった。

「またあいつか！」

このところ、様々な事件や訴《うった》えに、天轟丸の名が出て来ることが多かった。

特に多いのが『俺様の手下となって働け。嫌《いや》ならば、ここから出て行け』と天轟丸に、住処《すみか》を追いだされた妖怪《ようかい》たちからの訴えである。

「いいかげん、天轟丸を成敗してはどうだ？」

「いやいや、あそこは今、手下が増えて大所帯だ。戦えば、多くの妖怪たちが無駄《むだ》に死ぬ」

「それに、アマ連は武力で他を抑《おさ》えるような集まりではない。戦いは、ギリギリまで避《さ》け、対話での解決をはかるべきだ」

そこでアマ連の使者が、天轟丸へ面会を求めた。

すると――。

「雑魚《ざこ》とは会わん。俺様と話がしたいなら、アマタケをよこせ！」

と追い返されてしまった。

それでもアマ連の使者は、天轟丸の部下たちから、なぜ少女の命を狙っているのか、その理由を聞きだすことができた。

「頭目様は非道な方ではありません。意味もなく、人間の命を取るような方ではないのです。できることなら、娘を殺したくないと思っているのです」

問題は娘の父親が、大規模なリゾートマンションを作るために買い取った、森林である。

「森林に住む、多くの動物や妖怪たちが、住む場所を失います。頭目様はそれをやめさせるために、警告しようとしたのです。しかし、朱伝僧に邪魔《じゃま》をされて、あのような状態に……」

「なぜ父親ではなく、娘なのだ？」

「父親の命を奪《うば》うことは簡単です。ですが、それでは土地が、また別の者の手に渡《わた》り、開発が進められるだけのこと。頭目様は、娘の命とひきかえに、父親にあの土地をそのままにさせたいのです」

す。

「おわかりいただけましたか？　今まで妖怪たちはあまりにも、人間の傍若無人《ぼうじゃくぶじん》な行動を容認《ようにん》しすぎて来ました。妖怪たちの意識を改めさせ、人間たちのふる舞《ま》いに歯止めをかけたいのです」

「なるほど」

自分の居場所を守りたいなら、共に戦え、嫌なら出てゆけ。そう妖怪たちに言いました。アマタケ様とはやり方がちがいますが、これが頭目様の世直しです」

アマ連はこの事実を退魔士に伝え、娘の父親に森林を保存するように要求した。

だが、父親はそれを信じなかったばかりか、退魔士の出入りを禁じたのである。

土地の購入《こうにゅう》と開発手続きに、すでに莫大《ばくだい》な資金が投入されており、もはや止めることのできない状態となっていたのだ。開発しなければ、父親の会社が確実に倒産《とうさん》し、多くの従業員が職を失う。そして下請《したう》けの関連会社までもが、連鎖《れんさ》倒産することになる。

そうなれば自殺者が出るかもしれない。父親は、幾人《いくにん》かの他人の命と、自分の娘の命を天秤《てんびん》にかけ、退魔士の言葉を信じないという結論をだした。

「さて、どうしたものか……」

悩《なや》んでいるアマ連役員たちのもとへ、天轟丸から手紙が届いた。

――『アマタケよ。俺様のやり方が気にいらないなら、一対一で戦え』――

天轟丸も、大戦による妖怪たちの無駄な死を望んではいない。

護符を書いていても、役員たちの話し声は丈斗の耳に入っている。

「必要なら、戦うよ」

筆を進めながら丈斗が言うと、ぬらりひょんが少し怒《おこ》ったような口調でたずねた。

「ほほう、それで雨神さん、どう解決するつもりですかな？　雨神さんのことですから、天轟丸ごときに負けるはずがありませんね？」

「俺は別に、天轟丸を倒《たお》すことを望んでるわけじゃないよ。あいつが俺を倒したがってるのだって、あいつなりに世の中をどうにかしたいと思っているからだ。できるなら、仲間にしたいと俺は思ってる」

「なるほど。それで、人間と妖怪、アマタケさんはどちらに加勢するつもりですか？」

「俺は、人と妖怪、どっちにも加勢するつもりだよ。アマ連の最終目標は人と妖怪の共存。そうだろ？」

ぬらりひょんが笑《え》みを浮《う》かべ、満足そうにうなずいた。

「では、そうしましょう。共存です。知恵《ちえ》を働かせて、どうすれば森で、争うことなく人と妖怪たちが共存できるかを考えましょう」

様々な案が出た。金を集め森林を買い取る。妖怪たちの生活を守れる規模でマンションを建てる。まったく別のもうけを会社に与《あた》え、開発をあきらめてもらう。

答えは出ない。

「我々だけで話し合っていては、どうにもならん。その父親と、天轟丸、そして森に住む妖怪《ようかい》たちを集め、話し合ってもらわんとダメだ」

「果たして、天轟丸がそれに応じるだろうか？　あいつは人間嫌《ぎら》いだと聞いてる」

「人間のおやじの方もそうだ。頭から妖怪の存在を否定しているのに、会談に応じるか？」

「それでも、会談してもらわんとダメだ。答えが出るまで何度でもだ。でなければ確実に争いが起き、死者がでる」

うーむ、と唸《うな》って役員たちは思案にくれる。答えは出ない。

すると、ぬらりひょんが笑いながら、酒のしたくをはじめた。

「さあさあ、きょうのところはここまでにしましょう。三人よれば文殊《もんじゅ》の知恵。三人でダメなら十五人。十五人でダメなら、百人。それでもダメなら千人。インターネットを使って、各地の妖怪たちからも、アイデアを求めればよいのです」

妖怪たちが差しだす酒だけは、金に換《か》えることはない。すべて、モーギたちがミーティングのあとで、呑《の》んでしまうからだ。

「よし呑むぞ！」

「おう！」

あっという間に、湯飲みがまわされ、酒盛りがはじまる。

「今日の酒はなんだ？」

「桜花《おうか》の生と、寒梅《かんばい》の純米だ」

「肴《さかな》は八丈《はちじょう》のくさやと、スルメだ」

「さあ、呑め！」

呑むのが楽しくて、アマ連をやっているように思える。

いつものように、丈斗はそそくさと護符《ごふ》を片付け、地下駐車場《ちゆうしやじよう》からそっと抜《ぬ》けだした。

あれ以来、酒を呑んでいない。厳密には、五郎八《いろは》温泉の湯なのだけれど。

（俺は絶対に、死んでも酒は呑まない！）

という絶叫《ぜつきよう》するような強い決意を、丈斗はあの惨劇《さんげき》のような一夜から、胸に秘《ひ》めていた。

なにが起こったのか、丈斗もまったく記憶《きおく》がなく、妖怪たちに聞いても、視線をそらして教えてはくれない。

「いや、まだまだ、俺様のやらかした痴態《ちたい》にくらべれば可愛《かわい》いものだ」とか「人生いろいろだよねー」「酒は悪魔《あくま》だ」「認めたくはないだろうが、若さゆえのあやまちだな」「知ったところで、こぼしたミルクをコップに戻《もど》すことはできませんよ雨神さん」

などと、さらに不安になるようなことを言う。そして誰《だれ》も、丈斗に酒を呑まそうとはしない。

霧山遊子《ゆうこ》だけが「いやー、いいもん見せてもらったよタケちゃん。また呑もうぜ！」と豪快《ごうかい》に笑うのだ。

寺流《てらながれ》五郎八にいたっては、顔を赤らめて無言で逃《に》げてゆくだけである。

丈斗は、死んでしまいたいと思うほど落ちこんだりもしたが、「アマ連、がんばってね」という夏芽の言葉に励《はげ》まされ、

(半妖怪の俺が、いまさらなにを恥《は》じらう!)

と開き直り、今はすべてを忘れたようなふりをしている。事実、なにも覚えていないのだけれど。

なのに桜宮《さくらみや》サヤだけが、いつまでも意味ありげなにやけ笑いを丈斗にむけて来る。あきらかに「弱みを握《にぎ》ったぞ!」という、嫌《いや》な笑みである。

地下校舎から出ると、そのサヤが丈斗に声をかけてきた。来るのを待っていたらしい。

「アマタケ! 新しい人工精霊《エレメンタル》の作成実験をするぞ。手伝え!」

いつものウサギルックである。そして命令口調である。

4

卒業式を終えているが、サヤは毎日のように部室に通って来ていた。メラ星での仕事が五月からで、余裕《よゆう》があるからだ。

五郎八と共に、戦闘《せんとう》訓練に励んでいる。

問題はウサギルックで校内をウロウロする卒業生に、在校生たちが脅《おび》え、教師たちが難色を

しめしていることだ。

「桜宮くん、後輩《こうはい》の指導で学園に来るのは構わんが、その服、どうにかならないのかね？」

　という教頭の忠告に、サヤは真顔でこう答えた。

「これはクラブのユニホームです」

「しかし、それを着ているのは、君だけじゃないか？」

「ポジションがちがうので、特別なんです。野球のキャッチャーやホッケーのゴールキーパーだって、皆《みんな》とちがうプロテクターをつけてまーす」

「……いや、それはちがう。認めるわけにはいかんな。学園内ではきちんと制服を着用したまえ。わかったかね？」

「……はーい、了解《りょうかい》しましたです」

　と、言いながら少しも守っていない。

　つまみ出されないのは、九堂《くどう》よしえの父親が「娘《むすめ》の後輩の桜宮くんのこと、どうかひとつおめにみてやってくれ」と、理事長を通じて圧力をかけたからである。

　あまり知られていないことだが、紅椿学園は九堂財閥《ざいばつ》から多額の融資《ゆうし》を受けていた。しかもその返済が思わしくないため、理事長も九堂家には頭があがらないのだ。

　教師たちは苦い顔で、

「もうすぐ春休みだ」「四月になればいなくなる」「黙殺《もくさつ》だ」「視線をあわせなければいい」

と、言い合うしかなかった。

しかし――、

「あ、先生！　あそこに変なウサギ女がいるよ！」

「えっ、どこ？　先生、最近、視力が落ちて、見えないなー」

などというやりとりから、夕暮れ刻《どき》になると、クラブ校舎のまわりにウサギ女の妖怪《ようかい》が出る！　と噂《うわさ》されたりした。

教師たちの願いは届かず、サヤが五月まで居座ったため、その姿を目撃《もくげき》した一部の新入生と保護者はあごが落ちるほど愕然《がくぜん》となるのだが、それはさておこう。

ちなみに、この年から地下校舎の一部が改装され、中等部が開設されている。

「これだ！　新、最強エレメンタル、妹ウサギちゃん！　ババーン！」

と、サヤが、エレメンタルの完成予想図を描《えが》いたノートを、丈斗の目の前へ開く。

ランドセルを背負った小学生らしき女の子の絵である。当然のごとく頭にウサ耳が立っていた。それでいてなぜか、靴《くつ》はバニーガールのようなピンヒールだった。

丈斗は軽いめまいを感じながら、大きなため息をこぼした。

「悪い。俺、これから用事あるから……」

「ふふーん。するとなんですか？　妖魔術《ようまじゅつ》クラブ元会長である、この桜宮サヤちゃんの言うことが聞けないと、アマタケくんが、あのアマタケくんが、言うわけですか？」

意味ありげな笑《え》みを浮《う》かべ、サヤが横眼《よこめ》で丈斗を見る。

「なんだよ？」

「いや、別にー。でも……。ふふーん」

「だから、なんなんだよ？」

「夏芽ちゃん、今、なにやってるかなー」

「なんなんだよ、それ！」

「別にー」

あきらかに脅《おど》している。

丈斗は仕方なく、大きく頭をふった。

「わかったよ！　行くよ！　手伝うよ！　それでいいんだろ？」

「わかれば、よし！　さあ、ハーちゃんの待っている裏庭まで、ＧＯー！」

（くそっ！　絶対いつか、ウサギ汁《じる》にして食ってやる）

サヤと五郎八のコンビネーション攻撃《こうげき》は、格段に上達していた。五郎八にいたっては、もはやひとりで大抵《たいてい》の妖魔が退治できるほどである。

モーギやミョウラ級の妖魔は難しいが、仮にそんな妖魔が襲《おそ》ってきたら、アマ連がそれを阻《そ》止《し》するだろう。

不安なのは、五郎八の実戦が皆無《かいむ》に近いことだ。それもアマ連の効用で、妖怪たちが悪さをしなくなったからである。

「はい、行きます！」

裏庭の地面に描いた大きな魔法円の中で、五郎八がエレメントカートリッジを割る。カプセル型のカートリッジで、従来のカートリッジ弾《だん》より、エレメントの容量が多い。

中から溢《あふ》れ出たエレメントを、五郎八の横にいるサヤが、マジカルスティックで慎重《しんちょう》にかき集めてゆく。

その様子を、少し離《はな》れた場所で丈斗が見守る。

新型のエレメンタルを初めて作成する時は、充分《じゅうぶん》な注意が必要である。コンピュータのソフトと同じように、ちょっとしたプログラミングのミスによって誤動作が発生するからだ。

戦闘《せんとう》用エレメンタルの誤動作は怖《こわ》い。場合によっては作成者の命を奪《うば》うこともある。

そのため、サヤの表情もいつになく真剣《しんけん》だった。口にするエノク語も、緊張《きんちょう》に震《ふる》えている。

カートリッジが次々と割られ、しだいにエレメンタルが人型へと形成されてゆく。

そして――、

「ラ！　エウーハ！　いでよ妹ウサギ、プロトタイプ0号！」

スティックの最後のひとふりによって、エレメンタルが魔法円の外に完成する。

フリルの多い白のワンピースに、ピンヒール。背中に赤いランドセル。頭には、長くのびた二本のウサ耳。

そこまでは、スケッチどおりである。

しかし、サヤたちの目の前にいる妹ウサギは、生活に疲《つか》れはてたように生気のない、頭のハゲあがった五十過ぎの小太りオヤジだった。

オヤジは黒ブチの眼鏡《めがね》をずりあげ、

「妹ウサギ、参上でーす!」

と野太い声を震わせてしなを作った。

妹ウサギではなく、あきらかにオヤジウサギである。そして、参上というより惨状《さんじょう》である。

作ったサヤと五郎八も、目を点にしたまま声もない。

(おいおい、どうやったら、そういう失敗ができるんだよー)

呆《あき》れた丈斗が、脱力《だつりょく》しながら怒鳴《どな》った。

「おーい、早くなんとかしろよ、それ」

「ごめん、失敗! 却下《きやつか》!」

サヤがあわてて、追儺《ついな》の印をきるがオヤジウサギは消えない。

大きく尻《しり》を左右にふって、オヤジウサギはイヤイヤをする。

「いやーん、アキバに連れてってくれなきゃ、あたし、帰らなーい!」

「ゲロゲロ! このくされオヤジ! おとなしく消えろ! てーい!」

サヤが強引《ごういん》にスティックをふるい、エレメンタルを元のエレメントに分解し、吸収しようとした。

「ラ！　エウート！」

しかし、吸収されたのはなぜか、オヤジウサギの着ている洋服だけだった。

惨状がさらに激化した。

オヤジのまる裸《はだか》を目にした五郎八は「きゃーっ！」と悲鳴をあげて顔を覆《おお》う。

「うぴょーん！」と、サヤが目を丸くし、オヤジはあわてて股間《こかん》を隠《かく》して身をよじる。

「いやーん、まいっちんぐー！」

それを見て、ついにサヤがきれた。

「ぬおーっ！　この変態オヤジが！　消えろ！　消えろ！　消えろ！」

エレメントを撃《う》ち、強引に消滅《しょうめつ》させようとした。

けれどオヤジは、その姿に似合わない俊敏《しゅんびん》な動きで、エレメントの一撃を横にかわす。

「おっとっと！　なにすんの！　あぶないじゃないのよ！」

オヤジは股間を両手で押さえた状態で、戦闘態勢に入る。大きく右足をふりあげ、ピンヒールの踵《かかと》で、サヤたちの結界に斬《き》りかかった。

シャリン！　と、ふり降ろされたヒールによって、結界が縦に斬り裂《さ》かれた。すがたはアレだが、サヤの作った最強のエレメントにはちがいない。

もう一撃くらえば、確実に結界が壊《こわ》れる。

「アマタケ！」

危険を感じ、サヤが叫《さけ》ぶ。

丈斗は急いで右手をオヤジへむけるが、すぐに思い直した。

「ちょうどいい実戦訓練だ。自分で作ったエレメンタルなんだから、ふたりでどうにかしろよな」

「薄情者《はくじょうもの》！」

と丈斗に怒鳴り、サヤは五郎八にエレメントカートリッジを催促《さいそく》した。

「ハーちゃん！」

しかし五郎八は、両手で顔を覆ったまま動かない。

「なにやってんのハーちゃん！　このままだとオヤジの餌食《えじき》だよ！」

シャリン！　ヒール攻撃《こうげき》により、結界の正面がハの字形に斬れて、開いた。

「ごめんなさい！」

我に返った五郎八が、すばやくカートリッジを割る。中から溢《あふ》れ出たエレメントを、サヤがすばやくスティックですくい取り、正面から襲《おそ》いかかって来たオヤジへ放つ。

「エウーハ！」

「うごッ！」

エレメントの直撃をくらったオヤジの体が、もんどり打って転がってゆく。

「ハーちゃん！」

「はい！」

カートリッジが次々と割られ、エレメンタルの弾丸《だんがん》の連射がオヤジを襲う。俊敏な身のこなしでオヤジはそれをかわそうとするが、弾《たま》の数が多すぎる。

オヤジは作戦を変えた。

「うりゃーあー！」

攻撃の手を封《ふう》じるため、オヤジは五郎八にむかって股間を見せびらかしたのである。

「キャーッ！」

「ウゲッ！」

五郎八たちにとって、これほど醜悪《しゅうあく》な物はない。グロテスクな妖魔《ようま》以上である。

精神的ダメージに、ふたりの攻撃が止まった。それに気をよくしたオヤジが、高笑いでふたりへと迫《せま》ってゆく。

「はっはっは。うりゃ、うりゃ、うりゃあー！」

――絶体絶命である。

「ハーちゃん！」

「はい、私、負けません！」

逃《に》げだしたいのを堪《こら》え、五郎八はオヤジを睨《にら》んだ。そして叫ぶ。

「そんなもの、私、もうすっかり見なれちゃってます！」

思わず丈斗が顔を赤らめた。

（いや……、それはちょっと……）

エレメントの連続攻撃が再開された。容赦《ようしゃ》なく、股間への集中攻撃である。

「いやーん、涙《なみだ》が出ちゃう！　だって、オヤジだもん！」

オヤジは股間を押さえて転げ回り、しだいに妖力を弱めてゆく。

その隙《すき》をついて、サヤたちはエレメンタル収監《しゅうかん》用の魔法円を、オヤジの横に作った。

「ラ！　エウート！」

巨大《きょだい》な掃除機《そうじき》のように、魔法円がオヤジの体を吸いこもうとする。

「やらせはせん、やらせはせんぞ！　ザコとはちがうのだ、ザコとは！」

オヤジは地面を掻《か》きむしり、それに抵抗《ていこう》する。

「このーっ、往生ぎわの悪い変態オヤジめ！　こうなったら！」

サヤはすばやく、五郎八のスカートのポケットに手を入れる。

「きゃッ！」

中から取り出したそれを丸め、魔法円の中へと投げた。

「メイドさんへの土産《みやげ》だー！　ぴちぴち女子高生の匂《にお》い付き生パンツ、もってけドロボウ！」

「うおーっ、ラッキー！」

釣《つ》られたオヤジがそれに飛びついて、魔法円の中でそれを広げた。

ただのハンカチである。

「ぬ、ぬかったわ！」

「ラ！　エウート！」

魔法円が閉じられ、醜悪なオヤジの姿がやっと消えた。

はーっ、と大きくため息をついて、サヤと五郎八がへたりこむ。

見ていただけの丈斗も、激しい戦闘《せんとう》をくぐり抜《ぬ》けたように疲《つか》れ果てた。

「あのさー。なんでもいいけどさー。もう絶対、こんないい加減で、醜悪で、変態なエレメンタルの合成実験に、俺を呼ぶなよなー」

ふたりは言い返せないほど脱力《だつりょく》している。

「それでもまあ、最強の戦闘エレメンタルを造りだしたことは認めるよ。それを退治したんだから、なかなかだ。メラ星に行ったら、もっともっと強くなるな」

サヤは五月二日に地球を発《た》つことになっている。

五郎八も両親に面会するため、サヤに同行する。場合によってはそのまま帰らず、学園を中退することになるかもしれない。

「アマタケ、ハーちゃんや私がいなくなったら、やっぱし寂《さび》しいだろ？」

「いや、ぜんぜん」

「部室のクロゼットの中のウーちゃんやサムくんや、ハヤくんたちを、私たちだと思って大切に……」

「いらねえ。絶対にいらねえぞ」

「遠慮《えんりよ》するな！」

「してねえ、っていうか迷惑《めいわく》」

「ちなみに、私たちがいなくても、部室内はウサ耳着用だぞー」

「はいはい。前むきに善処しとくよ」

ふたりに背をむけて、丈斗が歩きだす。

「雨神先輩《せんぱい》！」

五郎八に呼ばれてふりむく。

「いろいろ、ありがとうございました」

「なんだよ。これでお別れみたいなこと言うなよ。出発まで、まだまだ日にちがあるんだから」

けれど別れの日は、思った以上に、あっと言う間だった。

その日、職員室から万歳《ばんざい》三唱が聞こえたという。

ふたりを迎《むか》えに来た霧山が、丈斗に言伝《ことづて》を持ってきた。

「タケちゃん、私のところに、ルヨンから手紙が来たよ」

「ルヨンが？」

「ガーレインと話がしたいって、書いてあった。これタケちゃんのことだよね？」

「ルヨンは今どこですか？」

「場所はわかんない。でも、また連絡《れんらく》するって書いてあったよ」

第二章　メラ星へ

1

「来たかアマタケ。約束どおり、ひとりで来たことをほめてやろう」

流れた溶岩《ようがん》が固まった岩だらけの山頂で、丈斗は天轟丸と対峙《たいじ》した。

全身が黒い毛に覆《おお》われた雪男に似た妖怪《ようかい》である。けれど雪男ではない。頭には山羊《やぎ》のようなツノが二本あり、天使のような羽を背中に持っている。

隠《かく》れていた手下の妖怪たちが、ぐるりとふたりを囲む。

「心配するな。戦うのは俺様ひとりだ。他《ほか》の者には手出しさせん」

「俺は戦いに来たんじゃない」

「自信がないのか？　なら、負けを認めて去れ。アマ連は俺様が受け継《つ》ごう」

「そうじゃない。俺はまだやらなきゃならないことがある。ここであんたと無駄《むだ》な戦いをしたくないだけだ」

「俺様と戦うことが無駄と言うのか！」

怒《いか》りに天轟丸が腰《こし》をあげると、まわりの妖怪たちがいっせいに奇声《きせい》を発した。

「殺せ！」「アマタケの妖魂《ようだま》を取れ！」「生かして帰すな！」

天轟丸が右手をあげ、それを静めた。

「もう一度、聞こう。俺様と戦うことが、無駄なのか？」

静かな殺気をこめて、天轟丸が丈斗を睨《にら》む。返答しだいでは食い殺す！　と言いたげな気迫《きはく》である。

丈斗もそれを見返し、怒鳴《どな》った。

「無駄だ！」

声と共に丈斗の凄《すさ》まじい気迫が、ピリピリとあたりを震《ふる》わせた。

その気迫から丈斗の妖力を計った天轟丸が「ほほう」と言葉をもらし、笑《え》みを浮《う》かべた。

「どうやら、おまえの力、ハリボテではなさそうだな。おもしろい。場所はここでいいか？　それとも、もう少し広い場所にするか？　おまえに決めさせてやろう」

「どうしても、と言うなら戦う。だが、その前に答えろ。天轟丸、おまえの望みはなんだ？」

「おまえを倒《たお》すことだ。ランキング○位などという、ふざけた飾《かざ》り、俺様が剝《は》いでやる」

「それで、俺を倒して、何をする」

「アマ連を手下に加え、妖怪たちを統一しよう」

「それから？」

「人間たちを支配する」

「簡単に支配できると思ってるのか？」

「無論、時間はかかるだろうな。おとなしく降伏《こうふく》すればいいが、戦いとなれば、長引くかもしれん。だが、我々のほうが力は上だ」

「人間と争っている間に、ベロルにそそのかされたメラ星の軍隊が、地球に侵攻《しんこう》して来たらどうする気だ？」

「メラ星など恐《おそ》ろしくはない。最後のひとりとなるまで戦って……」

天轟丸の瞳《ひとみ》に微《かす》かな脅《おび》えの色が見えた。

丈斗は天轟丸の前まで歩み、岩場に腰をすえる。

「あんたの望みも、俺の望みも同じだ。この地上で、ただ静かに暮らすこと。そうじゃないのか？」

「そのとおりだ。だが、そうはいかぬ。人が我々の生活の場を奪《うば》う。戦わずしてどうする？」

「人も同じだ。平和に暮らすことを望んでる。だがここに、地を奪われる者がいることを知らないだけだ。その痛みを、知らないだけだ」

「だから、この力で、それをわからせてやるのだ！」

拳《こぶし》を突《つ》きあげ、天轟丸が吠《ほ》えるように言う。

丈斗は肩《かた》の力を抜《ぬ》いて、首を小さく横にふった。

「なんの解決にもならないよ。争いで多くの命が失われるだけだ。どっちかが滅《ほろ》びるまで、戦いがつづくんだ。そして地球は、メラ星に侵略される」

「ではどうするのだ？　おまえに策はあるのか？」

天轟丸があぐらを組んで、丈斗の前に座った。

「俺もあんたも、人も妖怪も、皆《みんな》、その最終目的はいっしょだ。戦っても意味はない。強い者が弱い者を食うだけの解決方法だよ」

「それが自然の摂理《せつり》ではないのか？　獣《けもの》も虫も、そうやって生きてきた。神の作った法だ。強い者が生き、弱い者が食われる」

「でも神は、俺たちという存在もこの地上に作った。知恵《ちえ》と心を持った生き物だ。喜びや痛みを、わかち合うことができる生き物だ。対話することで、争いを回避《かいひ》することのできる存在だ。俺たちにはそれができる。俺たちは獣や虫じゃない」

「対話だけで、すべてが解決するものか！」

「ダメかもしれない。それでも、俺たちはその手段を、そう簡単に手放すべきじゃない。考えてくれ」

天轟丸はうなり、丈斗を見すえた。

「森を開発しようとしている人間たちと、話し合ってくれ。共存できる方法を探《さぐ》るんだ。それが正しいやり方だ。誰《だれ》も傷つかない方法だ」

「正論だ。だが人が、我々のようなバケモノとの対話を望むと思うか？」

「あんたが狙《ねら》った社長の娘《むすめ》に事情を話した。父親の説得に協力してくれると言った。とりあえず、屋敷《やしき》を覆《おお》っている妖怪《ようかい》たちを遠ざけてくれ。それで、体に書かれたお経《きょう》を消すことができる。それが、妖怪が存在することと、対話を望んでいることを示す、最初の合図だ」

「それで、うまく行くと？」

丈斗は自信をもってうなずいた。

「うまく行く！　俺はそう思ってる。ダメなら、いずれ人も妖怪も滅びる」

ふーっ、と天轟丸が肩の力を抜いた。

「たいした自信だな。それもビリケンさんの後ろ楯《だて》があるからか？」

ビリケンの箱を開けて、そのエレメントを吸ったことを言っているのである。

丈斗はやっと仙人《せんにん》たちの言っていた言葉の意味を理解した。確かに、吸ったエレメント自体にはなんの力もない。

だが、それを耳にした妖怪の誰もが『アマタケはビリケンさんに認められた奴《やつ》だ。幸運がついて回る。失敗はない』そう思いこんでくれる。

様々な交渉《こうしょう》事において、それは大きな力だった。

丈斗はもう一度、天轟丸へむかって大きくうなずいて見せた。

「うまく行く。あきらめなければ、絶対に共存できる」

「……よかろう。対話を試《ため》してみよう」

「ありがとう」

丈斗は微笑《ほほえ》む。けれど天轟丸は、丈斗を睨《にら》んで言った。

「だが、それでもどうにもならない場合もあるはずだ。食い殺さなければ、どうしようもない人間も多い。その時は……」

「どうにもならない、その時は……、俺が殺《や》るよ。人は人が裁き、妖怪は妖怪が裁かなきゃダメだ。妖怪が人を裁けば、その恨《うら》みを買う。それは共存の障害になる」

「半人半妖のおまえなら、人と妖怪の両方を裁けるというわけか？」

「両方に裁かれることも、俺は覚悟《かくご》してるよ」

天轟丸が笑みを浮《う》かべ、立ちあがった。

「よし、手打ちだ。誰か酒を持って来い！」

「いや、酒はちょっと……」

「なんだとー！　俺様の酒が呑《の》めないというのか！」

「いや、そうじゃなくて……」

「つべこべ言うな！」

熊鬼《くまおに》が一升《いっしょう》ビンと盃《さかずき》をうやうやしく差しだすと、天轟丸は一升ビンを叩《たた》き割って怒鳴《どな》った。

「なんだこの安酒は！　龍の古酒《ドラゴンクースー》を出せ。銀瓶《ぎんがめ》に入った千年ものだ！　早く持って来い！」

それを聞いて手下たちがどよめいた。

「本当によろしいのですか？」「貴重な銀瓶を開けられてしまっても？」

「かまわん！　開けろ！」

丈斗は後じさりながら言った。

「いや、待ってくれよ。悪いけど俺、まだ未成年で、酒は……」

「半妖怪がなにを言う！」

「酔《よ》うと俺、なにするか、わからないし……」

逃《に》げかけた丈斗の腰《こし》のベルトを、天轟丸がしっかりとつかんで離《はな》さない。

「気にするな。今から無礼講だ！　とことん呑め！」

2

気がつくと丈斗は、パンツ一枚で自室の床《ゆか》で眠《ねむ》っていた。あれからの記憶《きおく》がまるでない。頭がずきずきする。

「起きたか丈斗。もうすぐ日が暮れるぞ」

遊天童子が部屋のドアをノックし、顔を出す。

一晩、呑み明かしてしまったことを丈斗は知った。

「遊天……、俺、昨日、どうなったんだ？」

眉間《みけん》にシワを寄せた遊天童子が、不満げに言った。

「いつまでも帰って来ないから、明け方、俺が迎《むか》えに行ったのだ」

「それで？」

「天轟丸やその手下たちが、全員半裸《はんら》で寝《ね》ていたので驚《おどろ》いた。まだ五月だ。半裸で寝るほど暑くはない」

「俺もか？」

遊天童子は大きく首を横にふった。

「いや、おまえは全裸で倒《たお》れていた。パンツだけは俺が穿《は》かせてやったのだ」

ぷしゅーっ、と空気の抜《ぬ》ける音を発した丈斗が、部屋の隅《すみ》で、壁《かべ》にむかってそっと体育座りする。

「ああ……、また、やっちゃったよー……」

「バカは死ぬまで直らんな」

遊天童子が冷たく言う。

「ごもっともです……」

と、丈斗が暗く沈《しず》む。

「未成年が酒を呑んでもいいと思ってるのか？」

「でも、俺、半妖怪《はんようかい》だし……」

「するとおまえは、人間としての理性や社会の決まりごとを、すべて捨てたのだな？」

「いえ、それは……」

「なら法律違反《いはん》だ。未成年者の喫煙《きつえん》および飲酒は、五十万円以下の罰金刑《ばっきんけい》だ。知ってるか丈斗？」

「ごめんなさい。もうしません……」

「まあいい。人間嫌《ぎら》いのあの天轟丸に、ひどく気に入られたらしいな。会談は成功だ。丈斗の酒乱も、少しは役立つらしい」

「そうなのか？」

「鏡で自分の背中を見てみろ。天轟丸の筆跡《ひっせき》で大きく、ＬＯＶＥと書かれてあるぞ」

「マジかよ⁉」

丈斗は慌《あわ》てて風呂場《ふろば》へと走った。

「なんだよこれー！　尻《しり》の方までかかれてるじゃんかよ。しかも油性マジック！　うわっ、落ちねー！」

こんな背中、夏芽に見せられないぞ。そう思った瞬間《しゅんかん》、はたして自分の裸《はだか》を夏芽に見せる時が来るのかどうかを、丈斗はふと考えた。

「いや、微妙《びみょう》なわけなんだけどさ……」

ひとりごとにしては大きな声でそう言ってから、すべてをごまかすように、熱い湯で頭を洗いはじめる。

3

その夜、夏芽からメールが来た。

──『来月の二十六日に、そちらへ行きます。できるならば、Lマックスへぜひ連れて行ってください。ナツメ』──

来月の二十六日まで、あと四十三日。丈斗はカレンダーに大きく花丸をつけて、残りの日数を、何度も数えた。

それから夏芽の携帯《けいたい》へ、少し震《ふる》える指先で電話する。

『はい』

「俺、丈斗……」

『うん』

「メール読んだよ。だいじょうぶなのか？　無理してるんじゃないのか？」

『無理なんかしてないよ』

と、少し笑った声で言う。

『丈斗くんが心配するといけないと思って、言ってなかったけど……。あのね』

夏芽は説明した。

最近、母親の容態が酷《ひど》くなり、それに影響《えいきょう》され、父親の言動までがおかしくなりはじめたという。

夏芽は自分の存在が、両親の精神に重い負担をかけていることを自覚した。このまま、ここで生活することはできない。そう思った夏芽は、家を出る覚悟《かくご》をし、自分が妖怪になってしまったという事実を両親に話したという。

両親は当然のごとく、まったくそれを信じなかった。ただ、出て行かないでくれと泣いただけである。

だが数日すると、両親の容態が急激な回復を示しはじめた。理解できなくとも、ストレスを発生させていた様々な矛盾《むじゅん》が、夏芽の告白によって解消されたからである。

「なんだよ。そんなことがあったなら、俺にも相談して欲しかったたな」

自分が頼《たよ》られていないことに、丈斗はがっかりした。

『ごめんね。とりあえず、自分だけで、どうにかしたかったの。いつもいつも、丈斗くんに頼ってばかり、いられないでしょ？』

「そんなのぜんぜん……（できるなら、ずっと頼っててくれよ）」

『来月、母さんの誕生日があるの。それがすんだら、私、そっちに戻《もど》ろうと思う』

「戻る？」

『うん。丈斗くんの所に、私の住む場所ある？』

（こ、これは！）

結婚《けっこん》？　いや、同棲《どうせい》の申しこみなのか！

丈斗は舞《ま》いあがり、一気に顔を赤くした。

「うんうん、あるある。いくらでも空いてる」

と言う一方で、空き家だった丈斗の家に、来月から新しい家族が入居して来ることを思いだした。

ごまかして生活を続けることはできるが、丈斗はこの家を出ようと考えていたところである。

「なんとかなるよ。いくらでも。住むところなんて」

自分にも言い聞かせるように、丈斗は言った。

「でも、どうして……？」

『私はもう、人間の夏芽じゃないよ。カタカナのナツメ、妖怪のナツメ』

「そんなことないさ……」

『いいの。私、そういうふうに生きるって決めたの。だから、家を出ることにしたの。両親をひとりで暮らして行けるようになりたい』

忘れるってことじゃないよ。たまには帰るし、私の記憶《きおく》も、消えないようにする。でも、私、

（ああ、やっぱり……。ひとり暮らしか……。夢の同棲生活じゃなくて……）

丈斗は一気にクールダウンした。

『でも、やっぱり不安だから、丈斗くんの近くで暮らしたい』

（よし！）

と丈斗は拳《こぶし》を突《つ》きあげ、もりかえす。

「うん。とにかく待ってるよ。二十六日。行こうよ。Lマックスに」

『うん、行きたい。私、あの大きな観覧車に乗ってみたい』

とナツメがはしゃぐ。

「あれ、日本で二番めにデカイ観覧車なんだってさ。ほかにも、立った姿勢で乗るジェットコースターとか新しく出来てて」

『うんうん、楽しみ』

「そうそう、それから中にあるフレンチレストランが、そうとう美味《おい》しいらしいよ。この前なんか、そこのシェフがテレビに出て……」

殺気に似た気が、迫《せま》って来るのを丈斗は感じた。高速で空から来る。

しかし敵意はない。

「ごめん、なんか急ぎの用事ができたみたいだ。またかけるよ」

冷静さを装《よそお》って、丈斗は電話を切った。

急いで窓を開けると、鬼火《おにび》が部屋の中へ飛びこんできて、壁《かべ》にぶつかって止まった。ひどいあわてぶりである。

「アマタケ様！　た、大変です。至急、おこしください！」

4

完全武装した五人の妖怪《ようかい》の前に、ひとりの老婆《ろうば》があらわれた。

前のめりに大きく腰《こし》の曲がっている白髪《はくはつ》の老婆で、手にした太い杖《つえ》が、倒《たお》れるのを辛《かろ》うじて支えている。

「これこれ、若い衆、待ちなされ」

「なんだババア？」「なにようだ？」「俺たちが誰《だれ》だか知って止めるのか？」

鬼や入道、天狗《てんぐ》たちである。こん棒、槍《やり》や刀を手にし、鎧《よろい》や鎖《くさり》を身につけている。

「格闘《かくとう》ランキング九位の蒼鬼《そうき》さん、十二位の木葉《このは》天狗さん、十三位の風来入道《ふうらいにゅうどう》さん、十五位の岩天狗さん、そしてぐっと下がって五十二位の白々鬼《はくはくき》さん、とお見受けするが？」

五人は胸をはって「いかにも！」と答えた。

「これから、○位のアマタケさんを倒しに行かれるのでは？」

「いかにも！」「そのとおり」「サインが欲しいなら、試合が終わってからにしろ！」「写真撮《さつ》影《えい》も禁止だ！」

それを聞いて老婆が笑う。

「いやいや、そうではない。それを、やめていただきたくお願いに来たのじゃ」

「なんだと！」「きさま！」「アマタケの手のものか？」

五人が武器に手をかけるが、老婆は笑いながら首を横にふる。

「いやいや、アマタケ様には、まったく会ったこともない」

「ならば、退《の》け！」「戦わずして、ランキング○位など、許してはおけんのだ！」「天轟丸までもが戦わぬと決めおった以上、もはやアマタケのバケの皮を剝《は》ぐは我々しかいない！」「さあ、退け！」

「それはわかる。だが、アマタケ様ひとりに、大勢で襲《おそ》うと言うのは、少々、ルール違反《いはん》ではないかのう？」

「黙《だま》れ！」「アマタケにも、多くの手下がいる！」「少しも卑怯《ひきょう》ではない！」「むしろ、異星の武器を操《あやつ》る奴《やつ》の方が卑怯だ！」

「しかし……」

「時間の無駄《むだ》だ」「退け！」「退かぬなら斬《き》るぞババア！」

蒼鬼が巨大《きょだい》な青龍刀《せいりゅうとう》を抜《ぬ》いた。つられて他の妖怪たちも、それぞれの武器を老婆へとむける。

「たわけが！」

平野を覆《おお》う無数のススキが、ざざーッ、といっせいになびいた。風は吹《ふ》いていない。老婆の発した凄《すさ》まじい妖気に、揺《ゆ》れたのである。

五人の妖怪は息を飲み、一歩、老婆から身を引いた。

「……なに者だ？」

老婆は調子を取るように、とんとん、杖で地面を叩《たた》きながら答えた。

「顔は知らなくとも名前ぐらいは、聞いておるじゃろう。深雪山《みゆきやま》の山童《やまわろ》、七夜《ななや》じゃ」

五人は顔色を変え、言葉を失った。

深雪山の山童、七夜とは格闘ランキング一位の妖怪の名である。

「まさか！」「おぬしが？」

「信じぬのか？　信じぬなら、試《ため》してみるが……」

七夜が言い終わる前に、五人は襲いかかった。信じなかったのではない。五人で一気にかかれば、一位の七夜さえ倒せると思ったからである。

――勝負は一瞬《いっしゅん》だった。

すーっ、と七夜が前へ歩みでて、五人の間を風のようにすり抜けた。ただ、それだけである。なにかしたようには、まったく見えなかった。

だが、足を止めた五人の妖怪たちが、七夜の背後でバタバタと倒れてゆく。

七夜の杖の一撃《いちげき》が、それぞれの急所である腹や喉《のど》、後頭部などへ、見えない速さでくりだされていたのである。

「まだまだ、修行《しゅぎょう》が足りんのう。命だけは助けてやるから、出直してこい」

しかし――。

本性《ほんしょう》をあらわしたのは、その後だった。

倒れていた白々鬼が、紐《ひも》で引かれたように立ちあがり、七夜にふりむいた。

白目を見せており、あきらかに意識がない。なのに首がガクガクと震《ふる》えだし、肩《かた》の中へとめりこむ。ガリガリという音を立てて、さらに首が、肩の中へ沈《しず》み、消えてゆく。

体の内側に潜《ひそ》む何者かに、食われたのである。

次に胸を食い破り、そいつが顔を出す。

巨大なサンショウウオに似た頭を持つ妖魔《ようま》だ。

ずるりと体を外へ出した。イモリのような体に足が八本あり、全身がタコの吸盤《きゅうばん》を思わせるイボで覆われている。

白々鬼の腹の中で、時が来るのを待っていたらしい。

獰猛《どうもう》な口で、あっという間に白々鬼の体を飲みこむと、ガラス片《へん》を踏《ふ》み鳴らすような音をあげながら、妖魔は肉体を巨大化させてゆく。

ただならぬ妖気に、七夜は曲がっていた腰《こし》を伸《の》ばし、杖《つえ》を構えた。

「おぬし、この星の妖怪《ようかい》ではないな？」

五メートルほどの巨体をゆらし、妖魔が七夜へふりむく。

——死闘《しとう》は一時間におよんだ。

妖魔を消耗《しょうもう》させ、隙《すき》をついて倒《たお》す戦法を七夜が選び、わざと長引かせたからでもある。

だが、先に体力の衰《おとろ》えを感じたのは七夜の方だった。

「さてさて、困ったもんじゃのう。ランキング一位としては、逃《に》げるわけにもいかん。かといって、捨て身でかかれば、双方《そうほう》、大きな傷を体に残すことになる。どうじゃ、そろそろ手打ちにせぬか？」

七夜が交渉《こうしょう》をもちかけたが、答えの代わりに、ムチのようにしなる尻尾《しっぽ》が襲って来た。

後ろに跳《と》んでそれを避《さ》けると、七夜の腕《うで》を背後から押さえる者がいた。

ぬらりひょんの老人である。

「七夜ちゃん、あの妖怪はね。ベロルに作られた妖怪兵器ですよ。ロボットのような物で、交渉は通じないんです」

「目的はアマタケかい？」

「はい。刺客《しかく》です。あとは、若い者にまかせ、さあさあ、私たちは横で見物しましょう」

遊天童子、月華、モーギ、ミョウラの四人が駆《か》けより、妖魔を囲む。

七夜とぬらりひょんは、二百メートルほど横にずれ、柳《やなぎ》の下へ避難《ひなん》した。

「ぬらさん、あの四人でも、倒すのはちと無理じゃぞ」

「いえいえ、あそこに敵をとどめておくのが目的です。しとめるのはアマタケさんですよ」

後方から妖怪の一群が来た。

中心にいるのは丈斗である。妖怪たちから少しずつエレメントをもらい、右手に溜《た》めているのが見える。

「ほほう、あれがアマタケかい？　なりは大きいが、まだ子供のようじゃな。あの敵を、アマタケひとりで倒せるのかい？」

「ひとりじゃありませんよ。見てのとおり、多くの妖怪たちの力を得て、エレメントを撃《う》つのです。百人いれば百の力、千人いれば千の力。それをひとつにまとめ、撃つことができるのが彼です。おそらくひとりでは、ランキング五位にも勝てないでしょうな」

遅《おく》れてあらわれた天轟丸の一群が、同じようにエレメントを分け与《あた》えて、丈斗の肩を叩いた。

「それに、まだまだ若い。これから、どこまで成長するか、それも楽しみのひとつですよ」

と、ぬらりひょんが笑う。

準備が調《ととの》った。丈斗が妖魔へむかって走りだす。

合図を受け、妖魔をひきつけていた遊天童子たちが左右へ散る。

「エウーハ！」

丈斗の右手から、エレメントの一撃が飛んだ。

妖魔がそれから逃《のが》れようと、身をひねる。

だが、エレメントの閃光《せんこう》は裾《すそ》を広げ、妖魔の体を一気に飲みこんだ。

とたんに、真っ白な炎《ほのお》をふきあげて妖魔の体が燃えあがる。一瞬《いっしゅん》で燃えつき、灰も残らない。

妖魔は消滅《しょうめつ》した。叫び声をあげる暇《ひま》さえ与《あた》えられずに――。

「なるほど……」と、七夜が膝《ひざ》を叩《たた》く。「アマタケのランキング○位、確かにまちがいない。てっきり、ぬらさんの詭弁《きべん》かと思っていたがのう……」

「おやおや、それは心外ですね」

「ぬらさんの言う妖怪統一を信じて、わたしゃ書面を出したが、五位から二位のやつらは皆《みな》、おまえさんに脅《おど》されたと言って、泣いておったぞ」

「戦い以外の場所でも、他者に弱みを握《にぎ》られない。それが真の強者《つわもの》ですよ」

ほっほっと、と笑ってから、ぬらりひょんは考えこむ。

「……それを言うと、アマタケさんも、ちと……」

「なんにしろ、この一件で、アマタケに無駄《むだ》な勝負を挑《いど》むバカな妖怪もなくなるのう。ベロルとかいう、異星のもののけ以外は……」

「はい、ベロルの攻撃《こうげき》は一段と激化するでしょうね。卑劣《ひれつ》な手を駆使《くし》して」

「あとは知らんぞ。若い者の仕事じゃ。ひさびさの戦闘《せんとう》は、腰に来る」

伸びていた腰を「く」の字に曲げて、七夜が歩きだした。

5

六月に入った最初の日曜の夜、霧山遊子が丈斗をたずねて来た。

雨の夜だった。すでに十一時を過ぎている。

「どうしたんですか?」

玄関《げんかん》のドアを開けた丈斗は、突然《とつぜん》やって来た霧山に驚《おどろ》いた。

霧山は唇《くちびる》に指をあてると、外の様子をうかがってから、丈斗を押してすばやく部屋の中へ入る。

なにもなく、たずねて来るような霧山ではない。なにか起こったのである。

けれど霧山はすぐに答えず、黒い雨具を脱《ぬ》ぎながら部屋の中を見まわした。

「ふーん。古くて狭《せま》いけど、天井《てんじょう》が高くてなかなかいい部屋だね」

そこは、丈斗が新しく借りたワンルームマンションである。

越《こ》してまだ一週間もたっていないため、部屋の隅《すみ》には段ボールの箱が積まれたままになっていた。

丈斗は箱を退《ど》かし、座れる場所を作る。

「家賃いくら？」

「光熱費込みで三千円です」

「うそ？　マジで？　いったいどこの国の話よ？」

　マンションのオーナーが、人間のふりをしているが実は妖怪である。ぬらりひょんの老人の紹介《しょうかい》もあり「アマタケ様に住んでいただけるだけで光栄です」と、特別価格で貸してくれているのだ。

　丈斗がそう説明すると、霧山は「ふーん」と言いながら、冷蔵庫を勝手に開けて、

「ビールないの？　ビール？」

　と中をあさる。

「ありませんよそんなの。俺まだ、十九ですよ」

「またまたー、今どきの十九歳が言うセリフじゃないぞー。おっと、キムチめっけ。なつかしいなキムチ。豆腐《とうふ》もあるんじゃん。結構、自炊《じすい》してるんだ」

「外食やカップ麺《めん》ばかりって言うわけにはいかないですし、少しは料理も……」

　とは言うものの、炊飯器《すいはんき》はまだ段ボールの中である。

「よしよし、ここはひとつキムチ豆腐だな。冷えたビール、ないのが残念。よし、タケちゃん買って来い。通りの自動販売機《はんばいき》だ」

「未成年の酒の購入《こうにゅう》も禁止です。それに十一時を過ぎてるから、もう買えませんよ」

「しょうがない。持って来たの呑むか」

「持って来てるんですか？」

「だってさー、冷えてないし、二本じゃ足りないよ。ぜんぜん」

言いながら霧山は、五百ミリリットルの缶《かん》ビールを二本、リュックの中から取り出した。一本を開け、一本を冷凍庫《れいとうこ》へ放《ほう》りこむ。

「タケちゃん箸《はし》！」

コンビニの割り箸を渡《わた》すと、霧山はあぐらを組んで座り、豆腐とキムチを交互《こうご》に食べながら、ビールを呑みはじめた。

「くーっ、日本のビールもひさしぶりに呑むと、うまーっ」

「なにしに来たんですか霧山さん？」

「急《せ》かすなよタケちゃん、夜は長い」

「一晩じゅういるつもりですか？」

「ふふ」と意味ありげに笑い「ところでタケちゃん、もしかして童貞《どうてい》？」

「なんでそんなこと聞くんですか？」

丈斗は顔を赤らめ、ちらかっていた雑誌などを片づけはじめる。

「ふーん、ナツメちゃんとはまだ、そんな仲なんだ……。そんでもって、デートは六月二十六日」

「どうして知ってるんですか？」

壁《かべ》に貼《は》られたカレンダーを指さして霧山が言う。

「ほら、あんなデカイ花丸ついていれば、名探偵《めいたんてい》じゃなくても見当つくよ。さすがに」

丈斗はあわてて、カレンダーを壁から外した。

一本めを呑《の》みおえた霧山が、二本めを冷凍庫から取り出しながら、なにか、つまみを頼《たの》むような気軽さで言った。

「悪いけどさー、タケちゃん、童貞のまま死んでくれないかなー」

「はあ？」

カシュッ、と二本めを開けた霧山が、真顔で丈斗を見すえた。

「戦争、マジでやばくなりだしたよ。いろいろ手をつくしたけど、ベロルにそそのかされてる軍の暴走が……、止められない」

「いつですか？　いつ、戦争に……」

「すぐじゃないよ。早くてもあと半年はかかる。召喚《しょうかん》衛星がまだ完成してないから」

地球侵攻《しんこう》に、メラ星の人々の大半が同意していない。そしてメラ政府も、侵攻はありえないと発表していた。

けれど裏では、軍の一部と手を組んだベロルが、メラ第三惑星《わくせい》の軌道《きどう》上に、巨大《きょだい》な魔法円《まほうえん》を建造している。星天使イヴ・ラランを召喚するためだ。

イヴ・ラランは戦いの精霊《せいれい》である。エレメンタルで合成された巨大戦艦《せんかん》を想像してもらうと近い。

百年前に起こったメラ星の世界大戦でも、数体の星天使が召喚され戦争に使われた。結果は、より強い星天使を召喚できた国が戦争に勝ち、メラ星を統一することになったのである。

ベロルが召喚しようとしているイヴ・ラランは、今までの星天使を遥《はる》かにしのぐ、力をそなえているという。

「ベロルは信仰《しんこう》のための召喚だって、言ってるけどね」

「召喚衛星が完成したら、どうなるんですか？」

「筋書きはこうだよ。軍の若い将校たちがクーデターを起こし、地球に宣戦布告して、イヴ・ラランを使って侵攻を開始する。地球のどっかの国が攻撃《こうげき》を受けて消滅《しょうめつ》したところで、メラ星の正規軍が鎮圧《ちんあつ》する。でも、攻撃を受けた地球は混乱。それを収めるため、統治駐留《ちゅうりゅう》を開始する」

「そんなことして、なんの意味があるんですか？　多くの人が死に、地球が混乱するだけですよ。妖怪《ようかい》と異星人が存在することを突然《とつぜん》知らせて、地球の経済はめちゃめちゃです」

「そうそう、それが狙《ねら》い。先輩《せんぱい》づらしたメラ星の商人たちが地球に乗りこんで、あれこれ妖怪対策グッズを高値で売る。妖魔兵器もね。それでメラ星の冷えこんでいる経済が一気に潤《うるお》う。これが狙い」

「金もうけですか？」

「単純でしょう。ベロルを裏で支援《しえん》しているのも企業《きぎよう》なら、政治家に金を出してるのも企業。結局はそこに行きつくってわけ」

「他の星の人々を苦しめても、構わないってわけですか？」

「メラ星の人々が全員そう思ってるわけじゃないよ。戦争したがってるのはごく一部の人間。いつだってそうだよね。権力を持ったごく一部の人間が、勝手に戦争を起こす。メラ星でも、地球でもそう。でもね、問題なのはそのあと。はじめた奴《やつ》らはいつだって簡単に戦争を終わらせられると考えてる。地球が本気で反撃して来て、戦争が長期化するかもしれないなんてこと、全然、これっぽっちも」

ぐびぐびと、やけ酒のように勢いよくビールを呑み、霧山は怒鳴《どな》った。

「奴ら考えてない！」

「どうすればいいんですか？」

「つまりは、戦争をはじめるのがひと握《にぎ》りの人間なら、それを止めるのもひと握りでＯＫってことなわけよ。そこでタケちゃんにひとつ」

霧山は手招きする。丈斗が顔を近づけると、ビールとキムチの匂《にお》いの入り混じった息を吹《ふ》きかけながら、耳もとでささやいた。

「召喚衛星に侵入《しんにゆう》して、内部からの破壊《はかい》工作」

「テロですか？」

「そうそう。言葉のイメージ、悪いけど。いざとなったら、自爆《じばく》もね……」

言葉は軽いが、言っている意味は丈斗にも理解できる。

イヴ・ラランが召喚できない限り、地球への侵攻はありえない。阻止《そし》しなくてはならない。失敗して戦争になれば、地球上のどこかの国が消滅するという。

(俺ひとりの命で、本当に戦争が止められるなら……)

無論、丈斗も死にたくはない。人生はまだまだこれからである。しかし、ベロルに狙われている以上、死神はいつも背後に立っているのだ。

「わかってます。覚悟《かくご》もできてます」

そう口にしたものの、自分でもよくわからない。いざとなったなら、死にたくないと泣きわめくのかもしれない。そんな気もする。

「もちろん、自爆は最悪の場合だよ。そうならないように、こっちだって作戦を立ててる。私だってタケちゃんに、童貞《どうてい》のまま死んでもらいたくないよ。それともここで一発、捨てとくか？」

と言って、霧山が丈斗の耳たぶをなめる。

「うひゃっ！」

身をよじり、耳を押さえながら丈斗が身を引いた。

「や、やめてくださいよ」

うふふっ。と笑い、霧山が二本めのビールを呑《の》み干す。

丈斗は外したカレンダーの方へ視線をむけ、たずねた。

「それで俺、いつメラ星に行くんですか？」

「予定は六月二十五日」

ナツメと約束した日の前日である。

約束を早めるか、それとも……。と丈斗が考えはじめると、霧山が釘《くぎ》をさす。

「この作戦は極秘《ごくひ》だから、ナツメちゃんにも内緒《ないしょ》だよ。だから、デートの予定をずらすようなマネもダメ」

「一日くらい、後ろに延ばせないんですか？」

「命がけで潜入《せんにゅう》している協力者の予定だから、どうにもなんないんだよねー。予定がずれてデート出来る可能性もあるけど、初デートでHに持ちこむってのはタケちゃん、少しばかしお行儀《ぎょうぎ》が悪いぞ」

「別に俺、そんな……」

「せめて、会いたい？　うんうん、わかるわかる。出かけて行って、偶然《ぐうぜん》、出会っちゃいました、くらいなら辛《かろ》うじていいよ。でもね、それでもリスクもあるから覚悟してね。今、ナツメちゃんと深い関係になると、ベロルが……」

「ナツメを人質《ひとじち》に取るかもしれない？」

「そうそう」

と霧山がうなずき、空き缶《かん》を握りつぶす。

ベロルからルヨンではない刺客《しかく》が来た以上、充分《じゅうぶん》に考えられることである。

ナツメだけではない。今月、引っ越《こ》した両親へ会いに行くことを考えていたが、それさえ控《ひか》えた方が無難であると、丈斗は悟《さと》った。

「というわけで、タケちゃんには悪いけど、デートも童貞喪失《そうしつ》も、生きてここへ戻《もど》ってからにしてもらいたいわけなのよ」

丈斗はうなだれ「わかりました」と答える。

「さてと」

霧山が腰《こし》をあげ、つまみを冷蔵庫へ戻した。

「帰るんですか？」

「ビール無いし、私の泊《と》まるところも無さそうだしね。ちなみに、私が今日、ここに来たことも内緒だからね」

「待ってください霧山さん……」

「もう、質問もダメだよ。じゃあまたね、チェリーボーイくん」

まだ乾《かわ》いていない雨具をすばやくまとい、強く降りだした雨の中へ、霧山が去ってゆく。

ビールの空き缶だけが、テーブルの上に残された。

6

『雨丈の護符《ごふ》を持つ者に、アマ連の特使としての権限と任務を与《あた》える。特使の責務をよしとしない者は、護符を返却《へんきやく》すべし』

と、方式を変えてから、丈斗は護符を作る必要がほとんどなくなった。

十手や警察手帳のように、護符を持った妖怪《ようかい》が現場へ行って、問題を解決すればいいからである。これなら、今まで作った護符の数で充分に間に合う。

特使では解決できない場合の時だけ、アマ連の上層部が動く。力のある妖怪たちが動いてくれるため、丈斗の力を必要とすることはない。

はっきり言って、丈斗はなにもすることがない状態である。

上層部の誰《だれ》かが、丈斗のメラ星ゆきを知っており、その体制を整えているのでは？　と丈斗は考えた。

（たぶん、ぬらりのじいさんだ。霧山さんとは古いつき合いだからな）

なにもすることがないからと言っても、メラ星ゆきの準備をするわけにもいかない。どこに潜《ひそ》んでいるかわからないベロルのスパイに悟《さと》られる危険がある。

だからといって、家でごろごろしている気にもなれない。丈斗は毎日のように妖魔術《ようまじゅつ》クラブの部室に通い、雑用をこなしながら、メラ星からの連絡《れんらく》を待った。

待つのは辛《つら》いことではない。辛いのは、ナツメに事情を話せないことである。

六月二十六日にナツメが来て、Lマックスへゆく。それから、丈斗の住んでるマンションのひとつ下の階に部屋を借りる。条件は丈斗と同じでよいと、オーナーも言ってくれている。

そんなふうな計画が進んでいたのだ。

楽しみにしているナツメのメールに調子を合わせ、丈斗は嘘《うそ》に近いことを書かなくてはならない。それが心苦しくて、返信が遅《おく》れたり、内容がしだいに手短になる。

——『どしたの？　もしかして私、丈斗くんの重荷になってる？』——

そんなメールが来て、丈斗はあわててナツメに電話する。

「いや、ぜんぜんそんなことじゃなくて、ちょっといろいろと、アマ連の方で忙《いそが》しいことがあって……」

しどろもどろで弁明し、また嘘をつく。

電話を切ってから「ごめん、ナツメ……」とつぶやく。

そして、ナツメにむかってまだはっきりと、気持ちを告白していない自分がいることを知る。

（俺、心変わりなんかしてないよ。今も、ずっとナツメのこと……。でも……）

召喚《しょうかん》衛星で命を落とすかもしれない。生きて、地球へ帰れないかもしれない。

（なら、このまま友達でいた方が、ナツメもそれほど悲しまずに済む……）

そんなふうに考えてしまい、気持ちと口が重くなり、ため息ばかりが出る。

いっそ予定が早まり、今すぐ地球を離《はな》れてしまいたい、とさえ思う。

それを期待しながら、丈斗は紅椿学園へ通い、部室のパソコンでメールをチェックする。

しかしメラ星から来るメールは、サヤのどうでもいいような情報ばかりである。

――『メラ星の西都市には、日本のタコ焼きにそっくりな料理があるぞー。タコの代わりに、海老《えび》みたいなのが入っているけど、辛口《からくち》ソース味で、バカうま！』――

とか……、

――『今日、カバゴン（地理の教師）にそっくりの奴《やつ》を見たぞ。宿題のノート、メラ星にまで取りに来たかと思って、超《ちょう》びっくりだー！』――

というものばかりである。

召喚衛星のことや、五郎八の両親との会見のことなど、丈斗が知りたい情報を少しも書いて来ない。

おそらく、霧山に止められているのだ。そう思うので、丈斗もあえてたずねるようなことはしない。

――『今日は、ワガハイの美しい画像を添付《てんぷ》したぞ。穴があくほど、よく見ろよ！　そんでもって、アマタケもなんかよこせ！』――

メールに添付された画像を開こうとしたが、嫌《いや》がらせのように高画質で重く、通常の画像表示ソフトでは開けなかった。

「なんで、こんな重いのよこすんだよ」

ソフトを取り替《か》えて表示すると、ピースサインをしているサヤの画像があらわれた。日本に居た時と同じ、ウサ耳のウサギルックである。

「なんで、どこ行っても同じ服なんだよ！」

モニターにむかってそう突《つ》っこみを入れてから、丈斗は画像を閉じた。

（いや、待てよ……）

勘《かん》が働き、もう一度、画像を開いて細かく見てみた。

サヤはティールームのような場所で、壁《かべ》を背にして立っている。壁には、民族衣装《いしよう》らしきものを纏《まと》った人々の写真が、いくつも飾《かざ》られていた。

よく見ると、ひとつだけ鏡である。そこに小さく、オカッパ頭の女性が映っていた。

背をむけて椅子《いす》にすわっているが、丈斗にはそれが、九堂よしえだとわかった。

その部分の画像を拡大する。

九堂はフィルム型のモニターをかざすようにして見ていた。メラ星のニュースペーパーである。

見出しの大きな文字だけが辛《かろ》うじて読めた。エノク文字で「衛星型召喚円『デオドア』まもなく完成。二の期のはじめには試運転開始か？」と書かれていた。

メラ星の一年は四百二十二日あり、月のかわりに五の期でわけている。一日の長さは、およそ二十二時間三十分しかない。

丈斗はメラ星の暦《こよみ》と、地球のカレンダーを突き合わせて計算し、戦争への準備が遅《おく》れなく進行していることを知った。

(つまり、今のところ予定に変更《へんこう》なしってことか……)

――『なんで未《いま》だにウサギルックなんだよ！　少しは九堂さんを見習え！』――

そうサヤに返信する。

(俺がちゃんと情報を得たこと、たぶんそれで通じると思うけど……。まあ、いいや)

パソコンを閉じると、部室のドアをノックする者がいた。

現在、妖魔術クラブ「郷土資料研究会」は会員がゼロのため、書類上は廃部《はいぶ》となっている。ほっておくと部室が没収《ぼっしゅう》されるため、丈斗は部屋のドアに人よけの魔法円を描《えが》いた。妖怪《ようかい》と同じように部室のドアは、人には認識《にんしき》できないのである。

つまりノックした人物は人間ではない。

「誰《だれ》？　開いてるよ」

「おー、俺だ」

同じクラスで委員長をしていた島浩敬《しまひろたか》である。どういうわけか、この男も妖怪となってしまい「シマ」と名乗っている。

演劇にはまって受験に失敗したからだ、と本人は言うが、そのくらいでは妖怪にはならない。なんにしろ丈斗やナツメのように、妖怪化しやすい体質を持っていたことはまちがいないだろう。

不思議なのは、学園の中でなんどもすれちがっていながら、ふたりとも相手が妖怪化しているることに少しも気付かなかったことである。お互《たが》いに、自分が認識されていないと思っていたからかもしれない。

ほんのひと月前に、学園に住んでいる妖怪のヒラコに指摘《してき》されるまでわからなかった。

シマの背後からそのヒラコが顔をだす。

「タケちゃん！　カラオケ行こうよカラオケ！」

気が合ったらしく、シマとヒラコはつるんでよく遊んでいる。そして最近、暇《ひま》になった丈斗を誘《さそ》うようになった。

今の丈斗にとっては、ありがたいことである。

「よし、行くか。でも、酒はダメだぞ」

「なんで？　サワーの一杯《ぱい》くらいならいいだろ？」

「俺とシマはまだ十九で未成年だ」

「妖怪に未成年もなにもないだろよ？」

「するとなにか、シマは人としての理性や社会の規律まで、すべて捨てるというわけか？」

「なんだいそれ？」

「とにかく、未成年者の喫煙《きつえん》および飲酒は五十万円以下の罰金刑《ばっきんけい》だぞ」

と、誰かの受け売りを楽しそうに口にしながら、丈斗は連れだって歩む。

これで最後になってしまうかもしれない、故郷の地を味わうように踏《ふ》みしめながら——。


しかし、予定は完全に狂《くる》った。

六月十五日の夜、ベロルの放った暗殺集団が丈斗を襲《おそ》ったからである。

第三章　デオドア破壊作戦

1

（来た！）

丈斗は殺気を感じて目を覚ました。複数の敵である。

（ベロルの殺し屋たちか？）

まわりに迷惑《めいわく》をかけるわけにはいかない。丈斗はすばやく服を着ると、マンションの窓から隣《となり》のビルの屋上へと飛んだ。

（とにかく、どこか広い場所へ……）

大きく迂回《うかい》しながら、丈斗は紅椿学園へとむかった。

時間稼《かせ》ぎである。刺客《しかく》に丈斗が追われていることを、街中の妖怪たちが知り、アマ連のメンバーに知らせてくれるだろう。そう考えたのである。

しかし、まったく動きがない。

いつもなら「俺はおまえの守護神じゃないぞ！」と言いながらも、真っ先に駆《か》けつけてくれる遊天童子も来ない。

(変だ。まさか、もう殺《や》られてるなんてことは……)

敵の数は十三人。特殊《とくしゅ》な装置でカモフラージュしているらしく、黒い影《かげ》のようにしか見えず、妖力《ようりょく》も計れない。

誰かの悪ふざけでは？　とも考えたが、丈斗にむけられている強い殺気は、まぎれもなく本物である。

(ひとりで、これだけ倒《たお》せるか？)

自信はない。前に返り討《う》ちにした刺客のデータを基《もと》に、丈斗を倒せると計算し、送られて来ている十三人である。

丈斗は覚悟《かくご》を決め、エレメントカートリッジを割り、右腕《みぎうで》にエレメントを溜《た》めながら紅椿学園の門をくぐり抜《ぬ》けた。

グラウンドの中央でふりむき、右手を構えると、十三人の刺客が丈斗の前に並び、その姿をあらわす。

全員が同じ姿をしていた。

頭には、中央に十の文様がある菱形《ひしがた》の白い仮面を被《かぶ》っている。体は人型をしているが、白い金属を粗《あら》く削《けず》って作られたロボットのように角張っている。

そして手には、死神が持つような大ガマを握《にぎ》っていた。

気配ですぐにわかった。人でも妖怪《ようかい》でもない。人工精霊《エレメンタル》たちである。

(――と、すると、こいつらを操《あやつ》ってる奴《やつ》がどこかに……)

十三体の白い死神たちが動きだした。

左右に展開し、丈斗をはさみこもうとする。

丈斗は死神の一体を狙《ねら》い、すばやくエレメントを撃《う》つ。

しかし、かわされた。動きが速い。

(ダメだ。至近距離《きょり》から撃たないと当たらない)

死神たちがいっせいに襲い来る。

次々とふり降ろされる大ガマをかわし、逃《のが》れるのがやっとだった。

反撃《はんげき》する暇などない。

当たらないとわかっていながらも、死神たちを追い払《はら》うために数発のエレメントを放ち、丈斗は逃《に》げた。

(どうする？　このままだとエレメントと体力を使いはたす)

丈斗は校舎の窓ガラスを破って中へ飛びこみ、地下校舎へとむかう。

できるだけ細い廊下《ろうか》をめざして――。

おのずと、白い死神たちは一列となって丈斗を追うしかない。

(今だ!)

丈斗は小さな結界の楯《たて》をつくると、左手に構え、死神に立ちむかう。

先頭の死神が大ガマを丈斗へふり降ろす。

丈斗は、結界の楯でそれを受け止めると、右手で死神の仮面をつかみ、撃つ。

死神の頭部が、ガラスのように粉々に飛び散った。

(まずはひとつ!)

次の死神が、やられた仲間の体を押し退《の》けて丈斗の前へ来る。

丈斗はひとまず逃れた。すぐに結界の楯を作り、左手に構える。

(次はどうする?)

残りすべてを同じ方法で倒せるとは丈斗も思っていない。いずれ死神たちは作戦を変えてくるだろう。

丈斗は次の手を考えながら、もういちど勝負を仕掛《しか》けた。

まったく同じ方法で、二体めの死神が頭を失って沈《しず》む。

(ふたつ!)

逃げる丈斗を、死神たちは追うのをためらう。追えば、同じ方法でやられるだけと気づいたのだ。

死神たちは通路を引き返し、分散しはじめる。丈斗を左右からはさみこむため、通路を迂回《うかい》するつもりなのだ。

(やはり、そうきたか)

丈斗は逃げるのをやめた。追いかけて、逃げ遅《おく》れた最後尾《さいこうび》の死神を撃つ。

(三つ!)

そして、また逃げる。

地下校舎の内部は迷宮のように入り組んでいる。しかし、丈斗は自分の家のように熟知していた。

はさまれないように逃げ——、逃げると見せかけて誘《さそ》い——、隙《すき》を見て敵を追いこみ、——撃つ。

(これで五つめ!)

圧倒的《あっとう》に有利な戦闘《せんとう》を展開し、丈斗は次々と死神を撃破した。

そこで、死神たちが作戦を変えてきた。

待ち伏《ぶ》せし、強引《ごういん》に横の壁《かべ》を破壊《はかい》して、丈斗の前へでたのである。

(来た!)

壁を壊《こわ》して、通路の前方に四体の死神があらわれた。

後ろからは別の四体が来ている。

はさまれた。逃げ道はない。

けれど丈斗は、そうなるのを待っていた。

足を止め、丈斗が身構えると、死神たちも足を止める。

大ガマを構え、じりじりとその間合いを詰《つ》めて来た。

丈斗は小さく「ナツメ」とつぶやき、大きめの結界を作り、前方の死神たちの動きを封《ふう》じる。

一時的な足止めでしかない。大ガマの連続攻撃《こうげき》を受ければ、三秒ともたないだろう。

だが、それで充分《じゅうぶん》である。

丈斗は後方から来た四体の死神たちへむけ、エレメントを放った。

「エウーハ！」

右腕《みぎうで》に残っていたエレメントの半分を使う、強力なエレメントの一撃である。

狭《せま》い通路いっぱいまでエレメントの光が広がった。いかに俊敏《しゅんびん》に動いても、それをかわすことなどできない。

四体の死神たちが、丈斗のエレメントを正面から浴び、飛散する。

最後尾の一体だけが、半死の状態ではあるが、まだ動いていた。仲間の体が楯となって、エレメントの直撃をまぬがれたのである。

丈斗は逃げながら、その一体の頭に小さく短いエレメントを放ち、破壊した。

（これで、残り四つ！）

行ける。丈斗は確信した。エレメントもギリギリ、間に合う。

小さな結界の楯を左手に持ち、丈斗は追って来ている死神たちへ、攻撃にでた。

そこで死神たちは逃《に》げる——。はずだった。

逃げない。

（どうして？）

逃げないのではない、死神たちは動けないのである。まるで、糸の切れたマリオネットのように、だらりと両腕をさげている。

（チャンス？　なのか？）

なにかの作戦ではないかと警戒《けいかい》しながら、丈斗はエレメントを撃《う》つ。

しかし死神たちは反撃も、逃げるそぶりも見せなかった。

一直線に並んだ死神たちの頭部を、エレメントが貫《つらぬ》き、通路の奥へと流れる。ドミノ倒《たお》しのように四体が床《ゆか》に倒れ、戦いはあっけなく終わった。

死神の体は、形成しているエレメントに戻《もど》り、分散して消えてゆく。後には、蛍光塗料《けいこうとりょう》をこぼしたような、青白い光の染《し》みが残るだけである。

（そうか。誰《だれ》かが、死神たちを操《あやつ》っていたボスを倒したんだ）

そう気づいた丈斗は、地下校舎からあがり、グラウンドへとむかった。

2

校舎の出入り口に、遊天童子が立っていた。

「無事か丈斗?」

妖刀《ようとう》を鞘《さや》に収めながら言う。

「ああ」

とうなずき　グラウンドの方に目をやると、モーギやミョウラ、月華や天轟丸など、アマ連のメンバーほぼ全員の姿があった。

彼らだけではない。二台の魔戦機《ませんき》に分乗した九堂とサヤ、そして五郎八の姿まである。

戦闘を終えて来たらしく、全員の息が荒《あら》い。

「無事のようですね雨神さん」

魔戦機を丈斗へ近づけ、九堂よしえが声をかける。九堂の後ろから顔をだしたサヤが、Vサインを突《つ》きだす。

「チース!」

相変わらずのウサギルックである。

「雨神先輩《せんぱい》、お久しぶりです」

と、紅椿学園の制服を着た五郎八が、魔戦機の上から丈斗に笑顔《えがお》をむける。

その変わらぬ笑顔を見て、丈斗も安心した。

「相変わらず皆《みんな》、元気そうだなー」

言いながら、丈斗はグラウンドへ歩みでて、あたり一面、無数に残された光る染みを目にした。

死滅《しめつ》した死神たちの跡《あと》である。グラウンドいっぱいに点在しているその数は、百に近い。

丈斗はやっと、先に来た十三体の死神が囮《おとり》だったことに気づいた。丈斗の体力を奪《うば》い、油断させるのが目的だったらしい。

地下校舎から出たところを、この百体の死神が丈斗を襲《おそ》う。そんな計画だったのだ。

仲間たちが、それを阻止《そし》してくれたのである。

「エレメンタルを操っていた奴《やつ》は？」

「あそこです」

九堂が指さすグラウンドの隅《すみ》に、洋風の棺桶《かんおけ》を思わせる箱が三つ、突き立っていた。

「三人？」

「これだけのエレメンタルを、わずか三人で操っていたのです。なかなかの使い手どもでした。おかげで、霧山先輩から情報を受け取っていたのにもかかわらず、殲滅《せんめつ》にだいぶ時間がかかってしまいました」

「死んでるのか？」

「まさか。そう簡単に自白するとは思いませんが、ベロルの悪行を証明する大事な証人です。メラ星に連れ帰ってから、嫌《いや》でも証言したくなるよう、わたくしの手で、じっくりと……」

九堂がにやりと笑みをこぼす。

丈斗は背筋が寒くなった。

「九堂さん、もしかして、そっちの趣味《しゅみ》も？」

「そっちとは、どっちです？」

「Sとか、Mとか……」

「失礼な。SMとは双方《そうほう》の了解《りょうかい》のもと、了解の範囲《はんい》内で行う行為《こうい》ですよ。わたくしの行うのは、自白のための拷問《ごうもん》であり、わたくし自身の快楽のためではなく……」

眼鏡《めがね》を押しあげながら熱弁をふるいはじめた九堂の横で、五郎八が真顔でたずねる。

「SMって、なんですか？」

にやりと笑って、その問いにサヤが答えた。

「SMって言うのはねー、サイエンス・ミステリーの略なんだぞ。科学的かつ、ミステリアスに、じっくりと、いろいろ責めたてて、自白に追いこむってわけなのさ」

「ああ、はいわかりました。九堂先輩に、すごくぴったりですね」

九堂と丈斗は、サヤの植えつけたその誤った知識を訂正《ていせい》しようとして、やめた。

サヤのエロ突っこみが炸裂《さくれつ》して、泥沼《どろぬま》と化すのが予測できたからだ。それが証拠《しょうこ》に、サヤが目を輝《かがや》かせて、ふたりの発言を待っている。

「それはともかく、命びろいしたよ。ありがとう」

「――って、アマタケ、さくっとスルーかよ！」

「皆も、ありがとう」

妖怪《ようかい》たちにむかって、丈斗が頭をさげる。

モーギが歩みよって来て、丈斗の前で腕組《うでぐ》みをして言った。

「いや、当然のことをしたまでだ。アマタケなくして、アマ連は成り立たぬ。うまい酒も呑《の》めなくなる。だから、必ず生きて帰れよ丈斗。おまえがいないと、世の中がつまらん」

ふいに、モーギが背をむける。

「なんだよ？　なに別れの挨拶《あいさつ》みたいなこと言ってるんだよモーギ」

モーギを押し退《の》け、ミョウラが丈斗に抱《だ》きついて来る。

「うわ、な、なんだよ！」

「丈斗、あんた地球を離《はな》れるからって、メラ星で浮気《うわき》したらダメだからね。死んでナツメちゃんを悲しませるようなことしたら、あたしが許さないから」

ミョウラはそのまま丈斗を押し倒《たお》すと、ヤスリのような舌でジャリジャリと、丈斗の首すじを舐《な》めあげる。

てる。


「いひー、やめろ！　くすぐったい！」

「ほら、じっとして。生きて帰るための、おまじないなんだから」

逃《に》げようとした丈斗をミョウラは押さえつけ、馬乗りになり、背後から首すじに軽く歯をたてる。

「痛いよ！」

払《はら》い除《の》けて逃げ出すと、行く手を遊天童子が遮《さえぎ》った。

「丈斗、おまえ死相が出ているぞ。死にたくなかったら、俺もメラ星へ連れて行け。おはぎ二十四個で手を打ってやる」

「今だともれなく、おまけで俺もついてくるぞ」

と、月華が遊天童子の肩《かた》を抱いて言う。

すかさず遊天童子の肘鉄《ひじてつ》が、月華のみぞおちに決まる。

「皆してなに言ってるんだよ。俺が地球を離れるのはまだ……」

言いかけて口を押さえ、どうして全員がそのことを知っているのか不思議に思った。

光が頭上から降って来た。

メラ星の宇宙船である。葉巻形をした大型トレーラーほどの客船部が、腹を見せながら、音もなく降りて来る。

客船部の上で、巨大《きよだい》な蝶《ちよう》の羽のような物がゆっくりと羽ばたき、鱗粉《りんぷん》のようにエレメントの粒子《りゅうし》を飛ばしていた。宇宙空間を移動することができる妖怪、ラーホスの羽だ。ラーホスの羽には反重力の性質があり、龍《りゅう》や一反木綿《いったんもめん》のように自由に空中を泳ぐことができる。そして宇宙空間では、羽から出るエレメントを強く後方へ射出させ、前進するのである。

ラーホスの体は、客船部の屋根に埋《う》まっているため、外からは大きな羽しか見ることができない。

霧山の説明では、直径二メートルほどの青い卵形をしており、先端《せんたん》に大きな目がひとつあるという。

そして、目の上のひたい部分が深くえぐれており、そこに別の妖怪が収まっている。ワームホールの出入り口となる『空間の扉《とびら》』を開くことのできるサンザというネズミに似た妖怪だという。

丈斗はまだ、その姿を見たことがない。

妖怪たちがグラウンドの中央をあけ、宇宙船の着陸できる場所を作る。

「霧山先輩が迎《むか》えに来ましたよ雨神さん」

九堂の言葉に、丈斗はあわてた。

「えっ？　ってことはもしかして、このまま俺はメラ星へ？」

「そうです」

「ちょっと待ってくれよ、まだ準備が……」

心の準備もそうだが、旅行の準備もまだである。

とは言っても、ボストンバッグひとつに収まってしまうほど、持ってゆく物は少なく、むしろ手ぶらでもいいくらいなのだけれど。

問題なのは、ナツメへの別れの挨拶である。極秘《ごくひ》任務で本当のことを言えなかったことを謝り、なにかプレゼントを渡《わた》そうと、丈斗は考えていたのだ。

このまま旅立つとなると、そんな暇《ひま》はない。

「したくなどいりませんよ雨神さん、船の中はホテル並みに快適ですし、生活用品のほとんどがメラ星でも買えますよ。このまま船へ乗るのです」

（せめて……）と、丈斗は携帯《けいたい》を取りだし、ナツメにメールを打とうとした。

「雨神さん、どこへメールするのですか？」

「いや、ちょっと……」

「ナツメさんへのメールを禁止します。本物の雨神さんは、このままメラ星へむかいますが、偽《にせ》の雨神さんが雨神さんの部屋で二十五日まで生活を続け、地球に居たというアリバイを作ります。すべてベロルをあざむく手段です」

「偽者？　って誰《だれ》が？」

客船部の下から十数本の着陸脚《きゃくつ》が突《つ》きだし、衝撃《しょうげき》をやわらげながらグラウンドへ降りたった。

ものめずらしげに、妖怪《ようかい》たちが宇宙船を取り囲む。

「俺だよ俺」

と背後から肩を叩《たた》かれ、ふりむいた丈斗は「うっ」と声をあげ顔をしかめる。

丈斗にそっくりな顔の男が立っていた。似ているが、どこかちがう。知人が見れば、すぐに偽者とわかるだろう。

そんな顔の男だった。しかし、その声には丈斗も聞き覚えがある。

「誰だよ？　おまえ？」

偽の丈斗は顔から皮膚《ひふ》を剝《は》がすかのように、よくできた樹脂《じゅし》のマスクをめくってみせた。

級友のシマである。

「おう、任せとけ。うまくやるから。とりあえず、エロ本の隠《かく》し場所だけは聞いとくかな」

と笑いながら言う。

「シマ、わかってるのか？　今みたいに、刺客《しかく》が来るかもしれないんだぞ」

「俺の心配より自分の心配しろよ。ずっと危険な任務なんだろ？　それに戦争が止められなかったら、日本は消滅《しょうめつ》だ」

(日本が消滅？)

地球のどこかの国が見せしめで攻撃《こうげき》を受け、消滅すると、霧山が言っていたことを丈斗は思いだした。それが、日本であることを、丈斗は初めて知った。

丈斗や妖魔術《ようまじゅつ》クラブのメンバーを育てた国である。ベロルが当然のごとく、最初の標的にしても不思議はない。

(霧山さん、なんで教えてくれなかったんだ？　でもこんなこと、少し考えればわかることじゃないか……)

丈斗がうなだれる。その肩《かた》を叩いてシマが言った。

「こっちのことは心配すんなよ。このくらいの任務しかできなくて、ほんと、悪いくらいだからよ」

「ゴメン、頼《たの》む……」

「おう、任された。ナツメちゃんの方も、うまく行ったら、俺が代わりにデートしといてやるぞ」

「それはよけいだ」

「遠慮《えんりよ》すんな」

「いや、それはマジで殺す！」

客船部のハッチが開き、霧山が顔を出した。

「タケちゃーん！　行くよー！」

呼ばれて歩みかけると、天轟丸が丈斗の前へ立った。

「アマタケ、これをもって行け。死んだ妹の妖魂《ようだま》だ。これひとつで、おまえの右腕《みぎうで》のエレメントが満杯《まんぱい》になるはずだ。いざという時に使うがいい」

透明《とうめい》な玉の中に、うす紅色の花が咲《さ》いているような模様のある小さな妖魂だった。

「そんな大事なもの、使えないし、受け取れない」

「なら使うな。預ける。預けるだけだ。生きて戻《もど》って、俺様に返せ。必ず返せ！」

そう言って妖魂を突きだすが、丈斗は手を伸《の》ばすことができない。

「アマタケ、これは死者の遺《のこ》したただの物でしかない。本当に大切な妹の記憶《きおく》は、俺様の中にある。誰にも奪《うば》えはしない。だがアマタケ、おまえはまだ生きてる。おまえには、まだまだやってもらうことがある。死んでもらっては困る。それに、おまえに言われてやっと、俺様は人間と対話しはじめたばかりだぞ」

天轟丸と森を買った社長との対話は、思ってもいなかったほどスムーズに進んでいる。そう丈斗は耳にしていた。

妖怪《ようかい》の存在を知り、世界が変わることを知った社長が、天轟丸と手を組んで商売をはじめることにしたからである。

いずれ妖怪たちも金を必要とする時代になるだろう、と考えた天轟丸の方も社長に同意し、どんな商売が可能なのか、今はいろいろとアイデアをだしている最中だという。

「俺様はおまえの心配をして、この妖魂を渡すんじゃない。地球に住む妖怪たちと、そしていずれ共存するようになる人間たちの未来を案じているだけだ」

丈斗はうなずき、妖魂を手にした。

ひんやりと冷たい妖魂だった。

「預かるよ」

「おう」

天轟丸が満足そうに、笑《え》みを浮《う》かべた。

「タケちゃーん！　ほら、早く！　ベロルに見つかっちゃうぞー」

霧山が呼んでいる。魔戦機を収納した九堂たちも、すでに船の中である。

丈斗は「はい！」と答えて駆《か》けだした。

遊天童子がいっしょに走りだし、丈斗の腕をつかむ。

「どうなのだ丈斗？　俺はおまえの側《そば》から三日と離《はな》れたことがないのだぞ。おはぎ二十四個、いや二十個で手を打とう。連れてゆけ！」

丈斗は宇宙船のハッチの前で足を止め、遊天童子にふりむいた。

「遊天、頼みがある」

「なんだ？」

「俺の代わりに、ナツメを守ってやってくれ。おはぎ二十個、いや三十個だ。ほんとにうまい最高級のおはぎをインターネットで探して、取り寄せる。だから頼む」

遊天童子は不満気に腕組みをして、丈斗を睨《にら》む。

「その件、了解《りょうかい》した。遊天童子、おはぎ三十個で手を打つ」

と言って、遊天童子の脇《わき》の下から手を差しだしたのは月華だった。

「なんでおまえが勝手に決める！」

月華の腕をねじりあげて、遊天童子が怒鳴《どな》った。

「夫婦《ふうふ》は一心同体ではないか。嫌《いや》でもおまえが了承することぐらい、お見通しだ」

「なにが夫婦だ！　結婚《けっこん》した覚えはない！」

「心配するな。三年同棲《どうせい》すると、事実婚が成立する」

「まだ三年もたってない！」

「なら、この婚姻《こんいん》届けにサインすればいい」

「どこに出す気だそんなもの？　ちょっと待て！　どうして保証人の欄《らん》に、ぬらりひょんと丈斗のサインがすでにあるんだ？」

「あ、悪いけど俺、急ぐから。夫婦喧嘩《げんか》は家に帰ってからした方がいいよ。みっともないし」

言い残して丈斗は、ハッチの中へと跳《と》んだ。

「待て丈斗、なにが夫婦喧嘩だ！」

月華が遊天童子の腕を押さえて離さない。

「もう追うな遊天。丈斗は大人だ。もう自分で決めた道を進みだしている」

丈斗はふりむき、笑顔を見せて皆《みんな》に手をふった。

「ちょっと行ってくるよ。すぐに戻れると思うけど、あとのこと、頼《たの》むよ。じゃあ」

ハッチが静かに閉じてゆく。

まるで遠吠《とおぼ》えのような大声をあげて、モーギが泣きだした。

「うおーっ！　丈斗ー！　死ぬなよー！　生きて帰れよー！　うわおーん！」

ハッチが閉じると、その泣き声も聞こえなくなる。

「さあ雨神さん、離陸《りりく》しますよ。座って、シートベルトを着用するのです」

小型飛行機を思わせる客席だった。すでに九堂とサヤ、五郎八が座っている。

霧山は先端《せんたん》にあるコクピットの方にいるらしく姿はない。

座って窓の外に視線をむけると、妖怪たちがいつまでも手をふっているのが見えた。

ミョウラが大きなハンカチを、モーギに渡《わた》している。

遊天童子と月華が、なにか言い合いながら手をふっている。

『まいど霧山観光をご利用、ありがとさんです。高速ワームホール使用の、快適な宇宙の旅をご堪能《たんのう》ください。では、出発ーッ！』

ふざけた調子の霧山のアナウンスのあと、九堂たちがすばやく身構えた。

（えっ？）と、丈斗が思った次の瞬間《しゅんかん》、船体が一気に上昇《じょうしょう》し、斜《なな》め上空へむかってジェット戦《せん》闘機《とうき》のごとく加速してゆく。

体がシートへ押さえつけられ、横にむいた顔を前へもどすのさえ力がいる。

そして加速の圧力は、体の表面だけではなく、内臓へも均等に襲《おそ》いかかって来る。馴《な》れない

者には拷問《ごうもん》でしかない。

「ちょっと、待ってよ霧山さん……。なにもこんな、急がなくたって……」

フルパワーで宇宙船の能力を試《ため》しているようにしか思えない。

眼鏡《めがね》を押さえながらふりむいた九堂が、平然とした口調で丈斗へ忠告する。

「うかつに口を開くと、舌を噛《か》みますよ、雨神さん」

3

ワームホールへ入ると、まるで停《と》まっているかのように船の揺《ゆ》れが収まった。

「さすが雨神先輩《せんぱい》ですね。ぜんぜん吐《は》かないなんてすごいです」

と目を輝《かがや》かせて五郎八が言って、座席の下に用意してあったバケツを片づける。

丈斗は、待ってくれ、と言いそうになるのを堪《こら》えた。感心された目の前で吐くわけにもいかない。こみあがって来たものを、大きく深呼吸をくり返し、どうにか静める。

五郎八もサヤも離陸に馴れるまで、さんざん吐いたという。

「霧山さん！　なんでフルスピードなんですか！」

と、食ってかかると、霧山がパンと両手を合わせて拝む。

「ごめーん、なんかさー、ハンドル握《にぎ》ると人が変わっちゃうんだよねー。でも、すぐに馴れると思うから、ファイトだタケちゃん！」

「いや、それなんかちがう」

「そう細かいこと言わずに、ラウンジで茶でも飲もー！」

それにあわせ「おー！」と、サヤと五郎八も拳《こぶし》をあげる。

ワームホール内部は自動操縦である。メラ星到着《とうちゃく》まで、地球時間でおよそ十時間の航宙だ。

ワームホールを使って空間を飛び越《こ》えるため、日本からアメリカへ飛行機で行くよりも時間的には近い。

しかし本来は、光の速さで飛んでも四十七年ほどもかかる遠い星なのだ。

地球では「おうし座三十九番星」と呼ばれている星が、メラ星の太陽である。

「じゃあ、さっそくだけど、今回の作戦を説明するね」

コーヒーとチェリーの載《の》った焼き菓子《がし》が配られると、霧山がラウンジの壁《かべ》に魔法円《まほうえん》のような図を貼《は》りつけた。手がきの図である。
◎の中に☆のマーク。基本的な魔法円の図である。しかしよく見ると、○や☆の内部に、いくつもの通路や部屋がかきこまれており、すぐに見取り図だとわかった。
「これが召喚《しょうかん》衛星デオドアの図面。証拠《しょうこ》を残さないようにデータ化してないから、見づらくてごめん」

デオドアは、大小のドーナツに数本の針を外側から突《つ》きさし、◎に固定してあるような形をしていた。

差しこまれた針が、小さい円の内部で☆を形成している。

「内部を簡単に説明すると、外側の円が、第一チューブと呼ばれている居住地区。デオドアで働く人々の寝泊《ねと》まりする部屋の他《ほか》に、農場とか農園、ストアーとか娯楽施設《ごらくしせつ》とかが作られてる。みやげもの屋とかもあるから、いずれ観光スポットにでもするつもりらしいね。

そして内側の円が第二チューブ。デオドアを動かす動力部とか研究施設その他、重要な部署が集まっていて出入りを制限しているのが、この第二チューブ」

「そこを破壊《はかい》するんですか?」

丈斗の質問に、霧山が大きく首を横にふった。

「第一チューブの直径がおよそ二百七十キロ。第二チューブも、百キロの直径があるんだよね」

「つまり、頑丈《がんじょう》でデカイってわけさ」

と、口からボロボロと菓子をこぼしながら、サヤが言った。

「サヤさん、社会人ともなって、どうしてそのように、子供のような食べ方しかできないのですか?　同じ職場の先輩として、わたくしはとても悲しく……」

「よしえちゃん、小言はあとあと」

霧山に注意され、「失礼しました」と九堂が眼鏡に手をやって謝る。

「デカくて頑丈だってこともあるけど、厄介《やっかい》なのは、動力部が予備を含《ふく》めて十近くあること。三つ四つ壊《こわ》れても、全然だいじょうぶだし、全部を内部から爆破《ばくは》しても、隠《かく》しの予備動力がどこかにある可能性も高いってわけなのよ」

「どうするんですか？」

「そこでもっと重要な部分、ここを破壊するのがこの作戦」

霧山が☆の中心部分をレーザーポインターで示した。小さく丸い円だけが書かれている。

「中心球、内部がどうなってるか情報がゼロだけど、ここに召喚した星天使が入るのは確実。これを内部から破壊する」

「入り口とかの位置もわからないんですか？」

「出入り口はないよ。完成するとここは完全に密閉された球体になって、エレメントのミサイルとかくらっても壊れないほど頑丈になる」

「そんなとこに、どうやって侵入《しんにゅう》するんですか？」

「だから、完成する前に中心球の内部に潜《ひそ》んじゃうって計画。タケちゃんの妖力《ようりょく》を極限まで抑《おさ》えて仮死状態にして、壁に使われる板の中に埋《う》めこみ、中心球の内部に設置してもらう」

「どこに使われるかわかんないぞ。便所の壁とか床《ゆか》とかだったりするかも」

サヤがまた、ボロボロこぼしながら言う。すかさず九堂が皿をサヤの下に差しだし、床にこぼれるのを防いだ。

「星天使しか入れない場所に、どうして便所が必要なんだよ？」

「うん、トイレはないけど、高圧のエレメントタンクの壁とかに使われる可能性はあるから、壁から出る時は油断しないように。ともかく完成後に壁から出て、球のどこかにある『神の座』と呼ばれるステージを破壊する。すり鉢《ばち》形をした円形舞台《ぶたい》みたいになっていて、中心球の中でも一番大きな場所だから、すぐにわかると思うよ。それで作戦終了《しゅうりょう》」

「それで、俺はどうやって、球の中から脱出《だっしゅつ》するんですか？」

「球のどこかに壁の薄《うす》い部分があるんだよね。製造者だけが知ってるメンテナンス用の隠し扉《とびら》。内側からだと見つけられるから、それを壊して外へ出るだけ。あとは、別ルートで第二チューブに侵入しているよしえちゃんたちが迎《むか》えに行くよ。ほら、簡単でしょ？」

簡単そうに言っただけのようにしか思えない。丈斗はうーん、と唸《うな》った。しかし、状況《じょうきょう》に熟知した霧山たちが考えだした作戦である。

それより他にうまい方法はないだろう。

「それでいつ、球の内部へ？」

「これからすぐ」

「すぐ？」

「この船がワームホールから出ると、デオドアへ資材を運ぶ船が近くを通過するんだよね。空間移動孔《ジヤムン》を使って、タケちゃんの入った壁板を、こっちの船から貨物船に転送する手筈《てはず》になってる」

「ジャムン？　ベロルが使っていた空間移動装置ですね。でもあれは、違法《いほう》なんですよね？」

「タケちゃんも、よしえちゃんに似て最近ちょっと堅《かた》いぞー」

うんうんとサヤがうなずき、また菓子をこぼしながら言う。

「いくら男子が、硬《かた》くて太い方が好まれると言っても……」

九堂のハリセンが無言で、サヤの頭を直撃《ちょくげき》する。

「タケちゃん、いい？　これからやろうとしている計画そのものが、違法の産物だよ」

「わかってます。俺が心配なのは、ジャムンを使ったその後、霧山さんの立場が悪くならないかどうかってことです」

「その心配はありません」九堂がきっぱりと言い切る。「いざとなれば、わたくしたちが勝手に使ったことにするだけです。霧山先輩が牢獄《ろうごく》に入る心配はないのです」

「もちろん、そんなことにならないように、いろいろと、あっちこっちに手を回しているけどね」

と霧山が笑う。

チャイムの音がラウンジに響《ひび》いた。

「さてと、加工のセッティングができたみたいだね。あとは加工室の方で説明するよ。ハーちゃん、タケちゃんを加工室の浴室へ案内して」

「はい」

と五郎八が立ちあがり、丈斗はあわてた。

「ちょっと待ってください。もう入るんですか？」

「壁板《かべいた》ができたて過ぎると怪《あや》しまれるから、板に入るのは早い方がいいんだよね」

「でも俺、もしかするとこのまま死ぬかもしれないんですよね？　だとしたら、手紙を書かせてください」

遺書という言葉を使いたくなかった。その言葉を使うと、それで本当に死んでしまうような気がしたからだ。

(俺、ナツメに、伝えたいことがある……)

霧山がそれを察して大きくうなずいた。

「三十分でいい？　艦長室《かんちょうしつ》の机を使っていいよ。封筒《ふうとう》も便箋《びんせん》もそこにあるから」

4

叔父《おじ》の家にあった小さな書斎《しょさい》を思わせる部屋だった。古いけれど丈夫《じょうぶ》そうな木の机があり、壁には本棚《ほんだな》が並んでいる。とても異星の船の中とは思えない。

そしてどことなく懐《なつ》かしい匂《にお》いがした。

丈斗は便箋を広げ、ペンを手にした。

なにをどう書いていいのかわからない。このまま、なにも伝えない方がいいような気もして来る。

（でも、俺が死んだら……）

その存在が記憶《きおく》から消えている両親は、なにも感じないだろう。丈斗の死が伝えられることもない。

けれど――、

（ナツメは、きっと悲しむ……。会う約束をしてたのに、突然《とつぜん》、俺が死んだなんて知らされたら……）

死の知らせを受け、肩《かた》を震《ふる》わせ泣きだすナツメの姿が、頭の中に浮《う》かんだ。

溢《あふ》れでる想《おも》いに突《つ》き動かされ、丈斗はペンを走らせる。

――『ゴメン、こんなことになって。

これを読んでいるということは、誰《だれ》かに俺が死んだことを聞いてると思う。

極秘《ごくひ》任務だったから、本当のことなにも言えなかった。俺自身も教えてもらってなかったこと、いっぱいあったんだけど。

でも俺は自分で決めて、覚悟《かくご》してやったことだ。だから後悔《こうかい》はしてないよ。悔《く》いはいろいろとあるけど、あきらめられる。

でも一番の悔いは、ナツメに好きだと、自分の口で言えなかったことだ。

いくらでもチャンスはあったのに、言いだせなかった。ふられるのが怖《こわ》いとか、恥《は》ずかしいとか。

こんなことになるなら、はっきり言えばよかったと後悔してる。だから、この手紙を書くよ。

俺はナツメが好きだ。

いつから好きになったか、はっきりわからないけど、今でもときどき夢に見る、ナツメが紅椿学園の図書室で本を読んでた姿。

ずっと見つめていたかった。あの時はそれだけで満足できていたのに、ナツメが俺にむかって笑ってくれるようになってから、どんどん胸が痛くなった。

それは今もかわらなくて。いやむしろ、ずっとずっと今の方が好きだ』——


丈斗は辛《つら》くなり、そこでペンを止めた。

今すぐ引き返して、ナツメをきつく抱《だ》き締《し》めたかった。

（なんだよ。これじゃ本当に生きて帰れないみたいじゃないかよ。戦争が止められなかったなら、日本が消滅《しょうめつ》するかもしれないんだ。この手紙を読むかもしれないナツメだって……）

丈斗は声に出して言った。

「させない！　絶対に止めてやる。俺は生きて帰る。必ず。必ず帰って……」

（ナツメを抱き締める）

――『こんな手紙、ナツメに読んでもらわずにすむことを、今は願っている。それでも、俺が死んだら、そんなに悲しまないでくれ。できるだけ早く、忘れてしまってくれ。

誰か他《ほか》の人を好きになるのも、いいかもしれない。

でも、もし神が許してくれるなら、俺はずっとナツメの側《そば》にいるよ。小さなエレメントのひと粒《つぶ》でいい、俺はずっとナツメを守り続けたい』――

5

「湯かげんはどうでしょうか？」

「うん、熱くないよ」

丈斗が裸《はだか》で浸《つ》かっているバスタブに手を入れて、五郎八がたずねる。

湯は白濁《はくだく》の樹脂《じゅし》を溶《と》かした物で、痴態《ちたい》を晒《さら》す心配はない。それでも、なにか照れ臭《くさ》く、丈斗も五郎八も不自然に視線を泳がしている。

それを見たサヤが、

「ほほー。まるでどちらも初めての、お客さんとソープ嬢《じょう》の会話みたいだね」

パーン、と九堂がハリセンを無言でふり降ろす。

「五分くらいで、樹脂が固くなりだしますから」

「ほほう。するとまだ、固くなってない？」

嬉《うれ》しそうにサヤがたずねる。

「はい、まだ固くなってません」

バスタブの中の樹脂をかき混ぜながら五郎八が答える。

「ふふーん。するとまだ、ふにゃふにゃで使えないわけだ」

「はい、ふにゃふにゃです」

「げへへ。もしかすると、早く固くなるかもしれないから、軽く、しごいてみてはどうかな、ハーちゃん？」

パーン。九堂がハリセンをくらわせる。五郎八にはその意味がわからず、不思議そうに視線をふたりにむけた。

「ところで、両親、どうだったの？　会いに行ったんだよね？」

サヤのエロギャグを封《ふう》じるため、丈斗が話題を五郎八にふる。

「はい、更生院《こうせいいん》で二回、会いました」

五郎八が会いにゆく直前に、両親は幼児虐待《ぎやくたい》と犯罪幇助《ほうじょ》の罪で捕《つか》まっていた。メラ星の治安維持庁《いじちょう》は「洗脳によって正常な判断ができていない」として、五郎八の両親を更生院へ送ったのである。

そこで、正常な状態に戻《もど》すための再洗脳カリキュラムを受けているという。

「最初の面会の時は、ふたりともすごく興奮してて、ちゃんとした会話ができませんでした」

面会に来た五郎八に、父親は「ベロルの仲間に連絡《れんらく》を取るように」と小声でもはや使われていない通話番号を告げた。母親は「今からでも遅《おそ》くないから、寝返《ねがえ》って丈斗を殺せ」とうわごとのようにくり返すだけだった。

五郎八は両親が落ちつくのを待ち、四十日後、二回めの面会をした。

「そしたら、私のことぜんぜん覚えてないんです。最初の面会のことも、記憶《きおく》にないらしくて」

娘《むすめ》です、そう五郎八が告げると、両親はただ「ごめんなさい」とくり返し、泣くだけだったという。

「もう少し時間がたったら、また会いに行ってみるつもりです」

と、どこか他人《ひと》ごとのように言う。地球で育てられた期間の方が長く、本当の両親に対する感情が、五郎八の中でもまだあやふやなのである。

「あ、樹脂が固くなって来ました」

「では、次の段階です。雨神さんにはここで、眠《ねむ》りについてもらいますが、なにか言い残したことはありませんか？」

「いや、べつに……」

「では、幸運を祈《いの》ります」

と、九堂が右手を差しだす。それを握《にぎ》り返して「九堂さんも」と丈斗は答える。

握ったふたりの手の上にサヤが右手を添《そ》えた。

「ちゃんと帰って来いよアマタケ。うまく行ったら、ごほうびにバージンはあげられないけど、スマタくらいなら……」

九堂が左手でサヤの頭にハリセンをふり降ろす。

五郎八も手を重ねる。

「スマタってなんですか？　猫股《ねこまた》の一種ですか？」

「五郎八さん、それは知らなくてもよい特殊《とくしゅ》な業界用語ですよ」

「いいんだよハーちゃん、こういう場面では、スマタもOK、って言っとけば」

「サヤさん、いいかげんにするのです。今はおごそかに、雨神さんの無事を祈りましょう」

九堂がエノク語で「静寂《せいじゃく》と幸運の祈り」を唱えはじめた。それに合わせ、サヤと五郎八も目を閉じて祈る。

あたりに漂《ただよ》っていたエレメントの粒が、綺麗《きれい》にラセンを描《えが》いて回りはじめたのを、丈斗は感じた。

ふいに部屋のドアが開き、霧山が足早に入って来た。

「はいはい、どいてどいて」

三人を押し退《の》けると、霧山は丈斗の頭をつかみ、自分の胸に押し当てるようにして強く抱《だ》き締《し》めた。

「死ぬなよタケちゃん」

第四章　カウラとリリス

1

《丈斗くん……》

ナツメの声がした。確かに聞いた。

丈斗は目を覚まし、自分が身動きの取れない硬《かた》い金属の内部に埋《う》めこまれていることを知った。

（ここは……、どこだ？）

記憶が曖昧《あいまい》である。眠りに落ちてゆくように、様々な記憶が混じりあい、思考が麻痺《まひ》してゆく。

なにか大事なことを忘れているような気がした。そして、急がなくてはならないとも思う。

（なにを？　俺はどうしてここにいる？　なんのために？）

しかし少しも、丈斗は思いだせない。

鮮明《せんめい》に、微笑《ほほえ》んでいる髪《かみ》の長い女性の顔が、脳裏《のうり》に浮《う》かんだ。

(ナツメ……。そうだナツメだ。ナツメの声がした。そんなはずはない……。ここは……、そう、ここはデオドアの中心球の中だ。そのはずだ)

丈斗は自分の任務を思いだした。完全ではない。意識がまだもうろうとしている。

(とにかく……、ここから出るんだ。指先に集中して、まずは呼吸を整えて……)

停《と》まっていた心臓がゆっくりと動きだす。肺が酸素を求めはじめるが、まだ息はつけない。

口の中に含《ふく》んでいた小型の酸素カプセルを舌で開け、肺に酸素を送る。大きく深呼吸したいが、金属がぴったりと体を覆《おお》っているため、肺を大きく膨《ふく》らませることができない。

少しずつ酸素を、肺に収め、血が正常に流れだすのを待った。

(指先に力が入るようになったら、右手と左手の中にある開閉スイッチを、同時に五秒間押す)

丈斗は教えられた手順を思いだしながら、それを実行する。

軽い破裂音《はれつおん》が響《ひび》き、丈斗を覆っていた金属板の蓋《ふた》が開いた。目映《まばゆ》い光と共に、熱風が丈斗の体にふりそそぐ。

丈斗は立たされた状態で壁板《かべいた》の中に収まっていた。外れた蓋が、下へ落下してゆく。巨大《きょだい》な煙突《えんとつ》の内側のような場所だ。反対側の壁まで、三十メートルほどある。

頭を起こすと、発泡《はっぽう》スチロールの箱にぴったりと収まっている人形のように、自分の体が金属の中に埋めこまれているのが見えた。

そして横の窪《くぼ》みに、オプションパーツのように、通信機やエレメントカートリッジ、丸められた戦闘服《せんとうふく》、その他《ほか》が埋めこまれている。

丈斗は腕《うで》をあげて、通信機をつかもうとした。手に力が入らない。

「……九堂さん聞こえるか？」

震《ふる》える声で丈斗は呼びかけてみた。

——返答がない。

（……変だ？）

第二チューブに潜入《せんにゅう》している九堂たちが、遠隔《えんかく》操作で通信機の電源を入れ、丈斗を目覚めさせる特殊な周波数を発する。それが丈斗の聞いた作戦の手順だった。

通信機の電源が入っていれば、手にしなくとも通話が可能である。

「九堂さん？　聞こえてるなら返事をしてくれ？」

しかし通信機からは、雑音さえ聞こえてこない。

（電源が入ってないのか？　いや、それはありえない）

通信機の出す特殊な周波数以外、丈斗を目覚めさせることはない。そう説明されている。

「九堂さん？　返事をしてくれ？」

呼びかけながら丈斗は手の指を動かし、感覚が戻《もど》るのを待った。そして頭の中でもう一度、作戦の手順を整理する。

(俺がこの板の中に入ってから、半年から一年の間にデオドアは完成する。その間に……)

霧山たちが戦争回避《かいひ》にむけ、政治家や軍の上層部との交渉《こうしょう》を続けることになっている。望みの薄《うす》い交渉である。「でも、あきらめないよ。望みがある限り」と、霧山は丈斗に約束した。

交渉が成功して戦争が回避された場合、デオドアは解体されることになるだろう。丈斗もそのまま外へ出され、地球へ帰れる。

しかし交渉が失敗した場合——。

(ベロルに操《あやつ》られた軍の将校たちが、星天使を召喚《しょうかん》して、地球に宣戦布告する。その連絡《れんらく》を受けて、第一チューブにいる九堂さんたちが行動を起こす。第二チューブに潜入し、通信機で俺を起こす)

潜入に失敗した場合でも、発信機を載《の》せた小型ロケットを中心球の近くまで飛ばし、通信機を動かして丈斗を目覚めさせることになっていたことを思いだす。

(小型ロケットが、通信機の電源を入れて俺を起こしたのか……？　だとしたら返事がないのは当然だ。とにかく急がないと……)

デオドアのどこかにある『神の座』を見つけ、破壊《はかい》し、星天使イヴ・ラランの召喚を阻止《そし》しなくてはならない。

(急がないと、イヴ・ラランが地球を撃《う》つ。日本が、消滅《しょうめつ》する……)

キリキリとした強い痛みが、丈斗の胸の奥を刺《さ》す。たまらず、丈斗は心の中で叫《さけ》んだ。

(……ナツメ！)

ふいに手の感覚が戻って来た。丈斗はゆっくりと腕をあげ、通信機へ伸《の》ばす。

ジェット機のような轟音《ごうおん》をあげ、なにかが下からあがってきた。

丈斗は急いで腕を戻し、身を伏《ふ》せるように体を強く金属に押しあてた。

熱風と共に、目の前を巨大な物体が壁を擦《こす》りながら高速で通過してゆく。円形のトンネルいっぱいに広がった巨大な銀色の球である。転がるように、円形の路《みち》を昇《のぼ》ってゆく。

(とりあえず、中心球の内部は完成しているみたいだ)

球が来ないのを確認《かくにん》し、丈斗はすばやく通信機を引き寄せた。

電源が入っていない。

(どういうことだ？)

通信機は、丈斗を目覚めさせる周波数を発してはいなかった。丈斗を目覚めさせたのは、あきらかに別のなにかである。

(なぜ？　こんなことに……)

計画のタイミングが完全に狂《くる》ってしまっていることを丈斗は知った。

（戦争は、はじまってるのか？）

通信機の電源を入れ、九堂たちに聞くわけにもいかない。作戦が進行していなければ、敵に丈斗の位置を教えてしまうだけだ。九堂たちをも危険にさらすことになりかねない。

下の方からまた、ふたつめの巨大球があがって来た。丈斗は同じように身をひそめてやりすごす。

（どうすればいい？　どうすれば？）

このまま、いつ来るかわからない九堂たちの連絡を待つわけにもいかない。

（とにかく……、計画どおりに動くしかない。まず『神の座』を探そう）

丈斗は球が来ないことを確認しながら、戦闘服を身につけ、通信機やエレメントカートリッジを装備した。

それから、エレメントカートリッジをひとつ割り、左手から体内に吸いこむ。

まるで炭を噛《か》んでいるような、苦みが全身を包んだ。妖力《ようりょく》が低下しているため、身体《からだ》がエレメントの吸収を拒否《きょひ》したのである。

（くそっ、まだ身体が完全じゃない）

それでもエレメントの粒子《りゅうし》は、確実に丈斗の体力を回復させてくれた。

苦みが収まるのを待ってから、丈斗は身を乗りだし、路の壁《かべ》を見まわす。

壁のどこにも、身を収めることのできるような窪みがなかった。

妖力が戻っていないため、いつものように軽々と壁を登ることはできない。ぼやぼやしていれば、巨大球《きょだいきゅう》にひき潰《つぶ》されてしまう。

(どうする？　下へおりてみるか？)

路は上下とも深く延びており、その先がよく見えない。

《丈斗くん……》

ナツメの声が聞こえた。確かに聞こえた。

肉声の代わりに、エレメントを飛ばして伝える《声》だ。

「ナツメ！」

丈斗は思わず叫んだ。

(いや、よせ。こんなところにナツメがいるはずがないじゃないか……)

しかし――。

《丈斗くん……》

また聞こえた。そして上から、丈斗の元へと飛んで来た。《声》を伴《ともな》った小さく光るエレメントの一粒《ひとつぶ》である。まぎれもなく、ナツメのエレメントである。

丈斗がそれを見まちがえるはずがない。

(ナツメ……？　どうしてここに？　ベロルに捕《つか》まっているのか？　俺をおびきよせるために？　それともここは、デオドアの中じゃないのか？)

わからない。丈斗はなにもかもが、わからなくなった。

ただひとつはっきりしていることは、そのエレメントがまぎれもなくナツメの物であり、それが丈斗を目覚めさせたという事実である。

「ナツメ！」

丈斗はエレメントが飛んで来た上を目ざし、壁を蹴《け》った。微《かす》かな壁の継《つ》ぎ目に指をかけ、飛ぶようにして登る。

（どこだナツメ？　どうしてここにいるんだ？）

体が重く、思うように進めない。それでも、猿《さる》が木を駆《か》け昇ってゆくほどの速さはある。

巨大球の来る轟音が下から響《ひび》いて来た。

五十メートルほど頭上に、横へ抜《ぬ》ける通路があるのが見えた。

丈斗は急いだ。しかし、とても間合わない。

高速で巨大球が下から来る。

「エウーハ！」

壁を強く蹴ると同時に、後方へむけてエレメントを放つ。

その反動を利用して丈斗は跳《と》んだ。

横へ抜ける通路をめざして——。

2

《丈斗くん……》

またナツメの《声》に起こされる。

丈斗は通路の床《ゆか》に倒《たお》れていた。下から来た巨大球に撥《は》ね飛ばされ、横へ抜ける通路へ押しこまれたのである。

両足と左肩《ひだりかた》がビリビリと痛むが、大きな怪我《けが》はない。

(ナツメ、どこだ？　今、行く……)

しかし、立ちあがることができない。

エレメントのカートリッジを割り、吸収する。苦みはない。確実に妖力があがって来ている。

(少し休めば、すぐに回復する)

丈斗は通路の奥を睨《にら》んだ。

六角形の幅《はば》二メートルほどの通路である。百メートルほど直進し、右に折れている。

《丈斗くん……》

ナツメのエレメントが通路の奥から飛んで来た。

右手で受け止め、胸の中へ入れた。かすかに胸の中が熱くなった。

（生きてる……。ナツメは無事だ。人工的に加工されたエレメントでもない）

ナツメはただ丈斗の身を案じ、泣いているようにひたすら呼び掛《か》けのエレメントを飛ばしているのだ。

《ナツメ、俺は無事だ！》

丈斗も思いをこめて、エレメントの一粒を放った。ナツメの場所を捜《さが》しながら、飛んでゆくため、どのくらいかかるかわからない。

けれど確実にナツメの元へ届くだろう、丈斗はそう信じた。

そのエレメントを追いかけるように、丈斗は壁によりかかりながら、ゆっくりと立ちあがり、前へと進みはじめる。

3

いくつかの十字路を抜け、丈斗はエレメントを追う。しだいに体力と妖力《ようりょく》が戻《もど》り、軽く走れるほどまで回復していた。

（あと数十分もすれば完全に回復する）

ふいに人の血の匂《にお》いを感じ、丈斗は足を止めた。

左に折れた通路の先からである。ナツメのエレメントが飛んで来る方角とはちがう。

しかし、数人の男たちが流した血の匂いである。なにかが焦《こ》げたような匂いも混じっている。

丈斗は右手を前に突《つ》きだし、構えながら匂いのする通路の奥をのぞいて見た。

壁《かべ》や床にべったりと血と体液がこびりついていた。

すさまじい力で、壁や床に投げつけられて殺されたらしい。肉片《にくへん》や髪《かみ》の毛が、血といっしょにこびりついている。

大きな血の跡《あと》は六つ。つまり六人の人間が、ここで叩《たた》きつけられて殺されたのである。

しかし、遺体はひとつもない。

六人は小型のエレメントガンを発砲《はっぽう》して反撃《はんげき》したらしく、壁には無数の焦げ跡も残っていた。

（メラ星の人間だ……。どういうことだよ？　中心球の内部に、人はいないはずだぞ？）

丈斗は通信機をつかんだ。今すぐ電源を入れ、九堂たちに状況《じょうきょう》を問いただしたくなった。

（いや、もう少しだけここの状況を調べてからでも、遅《おそ》くない）

通信機をしまい、丈斗は先へ急いだ。

ナツメのエレメントが来る方角へむかって――。

《丈斗くん……》

呼びかけは変わらない。丈斗の飛ばしたエレメントがナツメへ届いていないのだ。

《ナツメ、俺はここだ。今そっちへむかってるぞ》

やがて、丈斗はひとつの扉《とびら》を見つけた。

『デオドア中心球メンテナンス第二監理室《かんりしつ》』とエノク語で書かれている。

（まちがいない。ここは中心球の中だ）

丈斗は、ドアに埋《う》めこまれたレバー型のノブに手をかけた。内側から鍵《かぎ》がかかっている。

右手にエレメントを溜《た》め、丈斗は鍵の部分を軽く撃《う》ち抜《ぬ》いた。

そっとドアを開けると、中に人の気配を感じた。

「誰《だれ》だ？」

と、殺意と恐怖《きょうふ》、そして期待の入り交じった声で呼びかけてきた。女の声だった。

「危害を加えるつもりはありません。入ります」

丈斗は結界の楯《たて》を作りながら、そう声をかけドアを開く。

操作パネルが並ぶ、大きめの放送室を思わせる場所だった。壁を背にふたりの男女が、座りこんでいる。

ひとりは白衣のような服を着た科学者らしき若い女性で、血に濡《ぬ》れた左手で左目を押さえていた。色はちがうが、九堂に似たオカッパの髪形《かみがた》をしている。そして、かすかに震《ふる》える右手の銃口《じゅうこう》を、丈斗にむけていた。

その右隣《みぎどなり》に座っている男はヘルメットを被《かぶ》った軍人だった。どこをやられているのかわからないが、男の体から流れ出たと思われる大量の血が、床《ゆか》を濡らしていた。科学者と同じように、少し大きめの銃を丈斗にむけて、ぴたりと構えている。

「どこから入って来たの？　中心球は完全に塞《ふさ》がっているはずよ？」

科学者の問いに、丈斗は問いで返した。

「いったいなにがおこってるんですか？」

「知らないいだと？　ふざけるな……」

軍人が吐《は》き捨てるように言った。

「デオドアは星天使を召喚《しょうかん》したんですか？　戦争は？　地球を、攻撃《こうげき》したんですか？」

ふたりはしばらく沈黙《ちんもく》した。

「あなた、地球の民《たみ》？」

と科学者がたずねると、軍人が大きくうなずいて言った。

「なるほど……。おまえ……、雨神丈斗だな？　デオドアを破壊《はかい》しに来たのだな？　どうなんだ？」

丈斗がゆっくりとうなずくと、科学者は銃口をおろした。

「なら、今は私たちの味方だわ。手をかしてちょうだい」

「冗談《じょうだん》じゃない！　敵の手など、借りてたまるか！」

銃口を丈斗にむけたまま軍人が怒鳴《どな》った。

「なにを言ってるの？　もう私たちの手では、どうしようもないのよ。それに、ここにいる者で無傷なのは、もう彼だけよ」

「もう一度だけ言う。我々の与《あた》えられた任務は星天使の排除《はいじょ》だ。デオドアの破壊ではない！」

「だから！　もう破壊する他《ほか》に、排除の手が無いと言ってるじゃないの！」

「黙《だま》れ！」

軍人が怒鳴り、撃った。丈斗へむけて——。

丈斗の結界の楯が、エレメントの弾丸《だんがん》を受け止める。だが、その強烈《きょうれつ》な破壊力に、楯は砕《くだ》け、反動が丈斗を弾《はじ》き飛ばした。

丈斗は背中から、通路の後ろの壁に叩きつけられる。

（ダメだ。早く逃《に》げないと二発めが来る）

衝撃《しょうげき》に軽いめまいを感じながら、丈斗はあせった。しかし、身体《からだ》が思うように動かない。

二発めの銃声が響《ひび》いた。

（ダメだ！　やられる——）

避《よ》けることも、結界を作ることも間に合わない。丈斗は撃たれるのを覚悟《かくご》した。

一発、二発なら、死ぬことはない。だが、それでまた反撃の力を奪《うば》われる。そして、続けざまに撃たれれば、もう命はない。

しかし——、エレメントの弾丸は丈斗の身体には当たらなかった。

撃ったのは科学者の女である。そして、撃たれたのは軍人だった。

丈斗は身を起こして、見た。

横から頭を撃ち抜かれた軍人の遺体が、前のめりに倒《たお》れている。背中に深い爪痕《つめあと》が三本、残っていた。妖魔《ようま》の爪痕である。

「任務だとか、命令だとか……、もう、うんざりだわ。あんた……、メラ星が滅《ほろ》ぶかもしれないというのに、いったいなにを考えてるのよ！」

女は軍人の遺体を足蹴《あしげ》にして怒鳴った。

部屋の中央で、軍人の頭からはずれたヘルメットが、独楽《こま》のようにいつまでも回っている。

丈斗は立ちあがると、女に歩みよって声をかけた。

「だいじょうぶですか？」

女は丈斗に笑《え》みをむけて言った。

「あまり、だいじょうぶじゃないけど……。君に今の状況《じょうきょう》と、破壊の方法を説明するくらいの体力は、残っていると思うわ」

4

「私の名はダリオ。デオドアの主任召喚技師よ。デオドアの基本設計をしたのも私」

丈斗はまず、ダリオと名乗った科学者風の女に頼《たの》まれ、止血の処理をした。救急セットを開け、止血と鎮痛《ちんつう》効果のある注射をし、傷口に止血テープを貼《は》りつける。ただそれだけである。

左目の傷は深く、骨まで切れているが、そんな応急処置しかできない。

傷はそれだけではなかった。

「身体の方の止血もお願い。脱《ぬ》げないから、服は切ってちょうだい……」

服を脱ぐ力が彼女にないのもそうであるが、固まった血で服が肌《はだ》に貼《は》りついているのだ。丈斗はナイフで、ダリオの服を斬《き》りさき、服を肌から剝《は》がした。

紙のように白く、ふくよかな胸があらわになったが、ダリオは隠《かく》そうともしない。

丈斗は視線をそらし、傷を探した。背中と脇腹《わきばら》に、深い爪痕が残っていた。

腹の傷は内臓まで達しているようだが、今の丈斗には皮膚《ひふ》の止血しかできない。

「デオドアが完成して、十日前から簡単な召喚実験をしていたの。どれも問題なかった。それで、最終実験として下級星天使のカウラを召喚してみたのよ。それが失敗だったわ」

精霊《せいれい》がすべて善とは限らない。中には妖魔のような邪悪《じゃあく》な思考を持った者や、交渉《こうしょう》しだいで敵にも味方にもなる者もいる。

そのため、召喚を誤って精霊に命を奪われる召喚者も少なくないのだ。特に、星天使のような、あまりその性質が知られない精霊を呼びだす場合は、注意が必要である。

「邪神《じゃしん》を召喚してしまったんですね？」

「そうならないように、幾重《いくえ》もの防止策が講じてあったのよ。それにだいたい、カウラはそんなに力のある星天使じゃないわ。デオドアの退魔円で、充分《じゅうぶん》に抑《おさ》えつけることが可能だったのよ」

「じゃあ、どうして？」

ダリオはため息をつき、泣きだすような声で言った。

「カウラは私たちを騙《だま》したのよ。従順で知恵《ちえ》のないふりをして見せたの。はじめからそうするつもりだったらしいわ。私たちの隙《すき》をみて、勝手に仲間の星天使を召喚《しょうかん》したの。リリスと黒い《リカ》光《ーラ》の神という名の星天使よ。あっと言う間に、デオドアの中枢《ちゅうすう》が乗っ取られたわ。こんな精霊は初めてよ！　カウラは強い自我《じが》と目的を持って、行動してる！　めちゃめちゃだわ。デオドアも私のこれからの仕事も、なにもかも……」

ふいに怒鳴《どな》りだしたダリオを落ち着かせるため、丈斗はその手をつかんだ。

「落ち着いてください。カウラの目的はなんなんですか？　俺はなにをすればいいんですか？」

ダリオはきつく丈斗の手を握《にぎ》り返して言った。

「カウラの目的はメラ星を支配すること。もしくは殲滅《せんめつ》……。なぜそんなことを考えているのか、私にもまるでわからない。でも、私たちがここに入って来た時、カウラは私たちに言ったわ。メラ星を支配したいから、手を貸せと……」

「具体的には、なにをするつもりなんですか？」

「まずは最初の作戦どおり、地球への侵攻《しんこう》よ。デオドアの問題はすべて解消されたと嘘《うそ》の情報を流し、第二チューブにいる将校たちを騙して、地球を攻撃させる。攻撃はイヴ・ラランじゃなくてリカーラが行うわ。それを鎮圧《ちんあつ》するために、メラ軍が地球へむかう。その隙に、カウラは手薄《てうす》のメラ星を叩《たた》く」

「地球を攻撃するのは、メラ軍を分散させるのが目的ですか？」

「そうよ。メラ星の全軍が動けば、いくらカウラたちでも勝ち目はないわ。メラ星を叩き、そして戻《もど》って来た軍を叩く。抵抗《ていこう》するなら、メラ星を消滅《しょうめつ》させても構わないとまで、彼は言ったわ」

「こうなる前に、なにか止める方法はなかったんですか？」

ダリオはそっと、首を横にふった。

「私の考えが甘かったのよ。カウラがちょっといたずらをして、私たちを困らせている、そのくらいにしか考えてなかった。だから私、助手と軍の兵士を数人だけつれて、この中心球に入ったの。もし、カウラの陰謀《いんぼう》が予測できていたなら、それなりの手があったはずなのに……」

「メンテナンス用の出入り口を開けて、入ったんですね？」

「そうよ。入るとすぐ、カウラによって塞《ふさ》がれてしまったけど。あなたはどこから？」

問われて丈斗は、正直に製造前の壁板《かべいた》に入って潜入《せんにゅう》したことを伝えた。

ダリオが痛みを堪《こら》えながら、くすくすと笑う。

「痛いから笑わせないで。ずいぶん無茶をするのね。でも、どうやって目を覚ましたの？　すべての電波がカウラによって遮断《しゃだん》されてるのに」

丈斗は急いで通信機を出し、電源を入れてそれを確認《かくにん》した。ダリオの言ったとおりである。

もっとも、通信が可能なら、ダリオがすぐにカウラの陰謀を軍に伝えているはずである。

「傷はカウラにやられたんですか?」

「そうよ。協力を拒《こば》んだら、私たちが持っていた人工精霊《エレメンタル》を操《あやつ》って、私たちを殺しにかかったわ」

「精霊がエレメンタルを使うんですか?」

「そう、私たちにも隠していた、それがカウラの本当の特技。キーに触《ふ》れずに中心球のシステムを操れるのも、その力のせいよ。……軍人たちが次々に食われてゆくのを見たわ。もし、ベロルが雇《やと》った半妖怪《はんようかい》の妖魔術師《ようまじゅつし》がいなかったら、私もこの男も、ここへ逃《に》げこめなかったはずよ。この部屋を中心に半ブロックほど、エレメンタル避《よ》けが施《ほどこ》されてるの。どんなエレメンタルも糸が切れたようになるわ」

「それで、その妖魔術師は?」

「奥へ進んだわ。『神の座』の中にいるカウラを倒《たお》すために」

「できるんですか?」

「……難しいわ。彼も最初の攻撃で、ひどい傷を負ってる。あの傷では、移動している『神の座』に、入ることは難しいわ。それにエレメンタルの妨害《ぼうがい》もあるし……。せめて乗り移るためのホバーバイクがあれば……。でもあなたが協力してくれたら、ふたりでどうにか……」

「『神の座』は移動してるんですね？」

「そうよ、あなたのような侵入者《しんにゅうしゃ》に狙《ねら》われないように、中心球の中を、ランダムに移動している の。巨大《きょだい》な銀色の球体が飛び回っているのを見なかった？」

「見ました。あの中に『神の座』が？」

「そう、メル型球体移動室。メル球は全部で五十二個あるわ。本物はひとつだけ。あとは囮《おとり》よ。私のリュックを開けて。その中に白い通信機みたいな自動計算機があるわ。本物の位置と、次にどの場所を通過するか導きだしてくれる機械よ」

部屋の隅《すみ》に投げだされていた小さなリュックを、丈斗は引きよせた。開けて中を見ると、書類や工具に混じって、小型爆弾《ばくだん》も入っていた。白い自動計算機は、リュックの底から出て来る。

「使い方は、どれでもいいから通過するメル球にむかってスイッチを入れるだけよ。モニターに地図と、本物の球の位置と予想経路が表示されるわ。もういいかしら、薬のせいで眠《ねむ》いわ……。あとはリュックの中にある説明書を読んで。軍人たちのために私が書いたものよ。すべての手順がそこに書いてあるから……」

ダリオが床《ゆか》に、身を横たえる。

「最後にひとつだけ教えてください。地球にいるはずの人の声を聞いたんです。エレメントの声なんです」

リュックを枕《まくら》がわりに与《あた》え、切り裂《さ》いた上着をダリオの身体《からだ》にかけながら、丈斗はたずねた。

目を閉じて、ダリオが答える。

「そんなこと、ありえないわ……。あなたと同じ方法で、ここに潜入していない限り……」

5

《丈斗くん……》

ナツメが呼んでいる。まちがいなく、ナツメのエレメントのひと粒《つぶ》である。

追って、丈斗は風のように走った。まだ完全ではないが、妖力がだいぶ戻って来ている。

身体が軽い。

垂直に延《の》びる通路の壁《かべ》も、すばやく登り切ることができる。

轟音《ごうおん》をあげてメル球が下から迫《せま》ってきた。

丈斗はタイミングを合わせて、メル球の表面へ飛び乗る。それもわけないことだった。

完全な球形をしているメル球の表面には、手をかける場所などない。丈斗は、左手とメル球の表面を貼《は》り合わせるように薄《うす》い結界を作り、ふり落とされるのを防いだ。

(……これは囮のメル球だ)

自動計算機を球にむけスイッチを入れると、すばやくその答えが表示された。

本物のメル球は、ちょうど反対側を走っている。

八十パーセントの確率で、十分後に中央付近の路《みち》を通過する。それが最短の遭遇《そうぐう》ポイントだ。

丈斗はメル球から飛びおり、横の通路へと入った。

《丈斗くん……》《丈斗くん……》《丈斗くん……》

重なって、ナツメのエレメントが飛んで来る。

(近い……。ナツメ、今、行くぞ)

すぐに異臭《いしゅう》がした。撃破《げきは》された人工精霊《エレメンタル》の匂《にお》いである。一体ではない、複数のエレメンタルだ。

丈斗は右手を構え、慎重《しんちょう》に路を進む。

やがて、路の壁や床に、エレメンタルの残骸《ざんがい》を見つけた。数体のエレメンタルである。

激しい戦闘《せんとう》の跡《あと》がうかがえた。

進むにつれてその数が増してゆく。およそ百に近い数だ。それに交じって点々と、妖魔術師のものと思われる血痕《けっこん》も見られるようになった。

ふいに路が遮《さえぎ》られた。

大きく湾曲《わんきょく》した両開きのドアである。なにかを叩《たた》きつけたらしく、ノブも折れている。

(この奥は……)

丈斗は自動計算機の地図で、ドアのむこうに『神の座』を模倣《もほう》した囮のステージがあることを確認《かくにん》した。

《丈斗くん……》

ナツメのエレメントが、押し曲げられたドアの隙間《すきま》からこぼれ出て、丈斗の肩《かた》に落ちる。

丈斗はドアの隙間に手をかけ、力まかせに引き裂いた。

ドアが外れ内側に倒《たお》れた。

粉雪のように、ナツメのエレメントが丈斗に降りそそぐ。

《丈斗くん……》《丈斗くん……》《丈斗くん……》《丈斗くん……》《丈斗くん……》

ナツメのエレメントは、中央のステージから流れて来る。

円形の小劇場を思わせる場所だった。中央に丸い舞台《ぶたい》のようなものがあり、階段にも椅子《いす》にも使えるような段が、下にある舞台を丸く囲むように続いてる。

この中でも戦闘が行われたらしく、段のいたるところに、エレメンタルの残骸や妖魔術師《ようまじゅつし》の血が散乱していた。

舞台の上には、奇妙《きみよう》な木が、一本だけ立っていた。枝葉を切り落とされた太い古木で、正面の一部分だけが、白く輝《かがや》いている。

女性だった。両手を上にあげ、立った状態で木の中に埋《う》め込まれている。生きていることを示すように、白い胸部と腹が、かすかに上下していた。

(……ナツメじゃない……)

丈斗は木に駆《か》けよった。

ゴツゴツとした黒い瘤《こぶ》のようなものが突《つ》きでた古木の中央に、髪《かみ》の長い女が埋めこまれていた。掘《ほ》って埋めたのではない。完全に皮膚《ひふ》が木と融合《ゆうごう》している。

どことなくナツメに似た若い女性だった。

胸の中央からヘソにかけて、ナイフで切り裂いたような傷がある。微《かす》かに唇《くちびる》を開いたようなピンク色の傷口。たった今、切り裂いたように見えるが、血は一滴《いってき》も出ていない。

その傷口から、エレメントの粒子《りゅうし》が、ひとつ、こぼれ出て来た。

《丈斗くん……》

「ナツメ……？」

丈斗は女の傷口に手をかけようとした。

「アマタケさん……。その女に、触《さわ》らない方がいい……」

ルヨンの声だった。

ふりむくと、血だらけのルヨンが段の間に隠《かく》れるように倒れていた。

「どうしてここに？　妖魔術師って、ルヨン、あんたのことだったのか？」

ルヨンは血だらけの腕《うで》を丈斗に差しだし、微笑《ほほえ》んだ。

「アマタケさんを、待ってました。……ここで。少し前に、ナツメさんへ投げた、エレメント、見ました……。ここに居れば、会えると思いました。喜んでください……。私はもう、殺し屋じゃ、ありませんよ」

丈斗はすぐにルヨンの言葉を信じ、駆け寄った。

（ルヨンは嘘《うそ》をつかない。騙《だま》すような奴《やつ》でもない）

丈斗はなぜか、願うようにそう強く思った。たった一度、会っただけの殺し屋なのに。

なによりも、ルヨンからは殺意が感じられなかった。そして、ルヨンの身体《からだ》から出た血が、バケツでまいたようにあたりを濡《ぬ》らしており、生きているのが不思議なほどなのだ。とても丈斗になにかできる状態ではない。

「ルヨン……」

「アマタケさん、あなたはガーレインですか？」

丈斗はルヨンの手を握《にぎ》り、しっかりとうなずいた。

「そうだ。俺はなるよ。ガーレインに。必ず」

「よかった……」

「ルヨン、どうしてここに？」

「アマタケさんの暗殺を……、拒《こば》んだからですよ。ガーレインになる人を、私は殺したくない。ベロルは、私の命を奪《うば》うかわりに……、いくつかの仕事を、与《あた》えました。そのひとつが、これです」

丈斗はすぐに治癒《ちゆ》の魔法円を描《えが》き、自分のエレメントをルヨンへ照射する。

「無駄《むだ》です。私はもうすぐ、死にます……」

構わず、丈斗は照射を続けながら聞いた。

「カウラの操《あやつ》るエレメンタルにやられたのか？」

「はい……」

うなずき、左手に握り締《し》めていたボロボロの護符《ごふ》を突きだし、ハラハラと床《ゆか》へ落とした。百八体のエレメンタルを封《ふう》じ込めた、ルヨンの護符である。

「カウラは、私のエレメンタルを、私から奪い、操ったのです……」

「それじゃ、自分のエレメンタルに？」

「強いのは、倒しておきました……。残り十五体……、それほど強くは、ありません」

ルヨンがたったひとりで、百に近いエレメンタルを倒したことに、丈斗は驚《おどろ》いた。

「ルヨン、あの木の女はなんだ？　どうしてナツメのエレメントが……」

「あれが、星天使リリスのようです。なぜここにいて、ナツメさんのエレメンタルを出すのか、私にも……」

ルヨンは小さく咳《せ》きこみながら、わからない、と首を横にふった。

「すべては……、カウラが……」

「わかった！　カウラを倒《たお》してすぐに戻《もど》る。だいじょうぶだ。このくらいの傷で、俺たち半妖《はんよう》怪《かい》は死にはしないよ」

「はい……」

ルヨンが微笑む。

丈斗はルヨンの手を離《はな》し、駆けだす。メル球をめざして――。

駆け去ってゆく丈斗の足音を聞きながら、ルヨンはつぶやいた。

「アマタケさん……、月見うどん、おいしかった……。また、食べに……」

そして静かに、ルヨンは息を止めた。

6

丈斗は走る。

その正面から二体の妖魔《ようま》が来た。ルヨンから奪われた人工精霊《エレメンタル》である。

鋭《するど》い爪《つめ》をむけ、虎《とら》のような妖魔が丈斗に襲《おそ》いかかってきた。

(邪魔《じゃま》だ!)

丈斗は頭をさげて爪をかわすと同時に、虎の頭をつかんでエレメントを撃《う》つ――。

エレメント光は虎の頭をつらぬき、そのむこうにいたもう一体の妖魔の胸に突《つ》き刺《さ》さる。

紙のように燃えあがり、二体の妖魔が消滅《しょうめつ》してゆく。

先へと走る丈斗へ、妖魔たちがいっせいに襲いかかって来た。

足を止めることなく、丈斗は次々と攻撃《こうげき》をかわし、エレメントを放つ。

丈斗にかすり傷のひとつも与えることができないまま、妖魔たちが次々と燃えあがってゆく。

「退《ど》け！　邪魔だ！」

妖魔たちの動きが、丈斗には止まっているように見えた。

妖力が充実《じゆうじつ》しているばかりではない。激しい怒《いか》りが、丈斗のエレメントを増幅《ぞうふく》させているのだ。

妖魔たちは丈斗へ近づくこともできない。どうにかその足を止めようと、離れたところからエレメントの弾《たま》や矢をむけて来る。

それらを結界の楯《たて》で撥《は》ね返しながら、丈斗は進む。

メル球が来た。目の前に見える、縦型の通路を上にむかって通過しようとしている。

残っていた七体の妖魔たちが、四方から丈斗に襲いかかって来た。

丈斗は最初に来た妖魔の頭を撃ち抜《ぬ》き、その身体《からだ》を踏《ふ》み台にして、メル球へと飛んだ。

追って来ようとする妖魔たちへエレメントを撃ちながら――。

そして、メル球の後部へ、丈斗は左手を貼《は》り付けて取りついた。

残った四体の妖魔たちが宙を飛んで追る。

丈斗はぶらさがったまま、妖魔たちが充分な距離《きょり》まで近づくのを待ち、慎重《しんちょう》に撃ち落としてゆく。

最後の妖魔が燃えあがると、丈斗は「ふっ」と息を吐《は》き、メル球の後部の表面にある「ヘソ」を探しはじめた。

ダリオの説明書によると、表面に「ヘソ」と呼ばれる小さなへこみがあるという。

球の表面をなで回して探すと、かすかにやわらかく、内側に沈《しず》む部分があった。

(これか?)

指で強く押すと、表面の一部が裏返り、テンキーがあらわれる。

すばやくキーを入力すると、ドン、という鈍《にぶ》い音を響《ひび》かせてハッチが開きはじめた。

そこから、丈斗はメル球の内部へ身体をすべりこませる。

まったく同じつくりだった。円形の舞台《ぶたい》と、それを囲みながらさがってゆく段。

しかし、舞台の上には、あの怪《あや》しげな木の女はいない。

代わりに、大理石のような石を積み重ねて作った椅子《いす》があり、男がひとり、ゆったりと腰《こし》かけていた。

薄《うす》いバスローブのような服を纏《まと》い、頭に金色の環《わ》を載《の》せた男である。口元に笑《え》みを浮《う》かべ、大きなワシ鼻を丈斗へむけていた。

「カウラなのか?」

丈斗は問いながら右手をむけ、舞台へ走った。

「ようこそ。我の神殿《しんでん》へ。我の名はカウラ。我は神」

丈斗はカウラへむけて、エレメントを放つ。追儺《ついな》の言葉をエノク語で唱えながら。

「すべての神。ひとつ神。光の神。その名と流れと意志において、星天使カウラを天上の地へ戻したまえ」

それですべてが終わるはずだった。

ほとんどのエレメンタルを自分の物として操《あやつ》れるのが、カウラの特性である。しかし、防御《ぼうぎょ》力《りょく》は皆無《かいむ》に近い。

丈斗のエレメントを撥ね返す結界など作れないはず——。

しかし、エレメントの一撃はカウラの目の前で弾《はじ》け、見えないガラスを滴《したた》り落ちる雨のように流れて消えた。

結界である。

（どうして？）

「告げろ。その名を」

「……雨神丈斗」

「なるほど。おまえがアマタケか？」

丈斗は続けざまにエレメントカートリッジを割り、右手に溜《た》めはじめた。

（俺の右手が吹《ふ》き飛んでもいい。絶対に、この結界をぶち抜いてやる！）

「聞けアマタケ。今、我を殺すと、日本国と共にナツメが消滅するぞ」

（どうして、ナツメのこと？）

丈斗を手を止め、薄笑《うすわら》いを浮かべているカウラを睨《にら》んだ。

「見ろ。すでに宣戦布告はなされ、黒い光の神《リカーラ》は、メラの軍と共におまえの母星をめざしている」

カウラが手をかざすと、舞台の上に照射型のモニターが開き、ワームホールを進む七隻《せき》の小型戦艦《せんかん》の姿が映しだされた。

艦隊の中央に光を放つ、巨大《きょだい》な黒い槍《やり》のような物が飛んでいる。それが、カウラの召喚《しょうかん》した星天使リカーラである。

「いいのかアマタケ？　止められるのは我だけだ。リカーラは我の命令しか聞かない。確かに、おまえのエレメントの力なら、この結界は破れるだろう。だが、それで我を天上の地へ戻《もど》したところで、リカーラのエレメントが、確実に日本国を消滅《しょうめつ》させる」

丈斗の身体が震《ふる》えた。しかたなく、右腕《みぎうで》を降ろす。

「……なにが望みだ？」

「選べ。日本国とナツメ。どちらかひとつ。どちらかひとつを助けてやろう」

「どういうことだ？」

「攻撃地《こうげきち》を変えてやろう。おまえが、ナツメの死を選ぶならば——。力を示すだけのことに、なにも日本国を消滅させることはないのだ。

だが、ナツメを選ぶなら、望みどおりナツメの命だけを助けてやる。その代わり、日本国はこのまま消滅する」

「ふざけるな！」

「信じないのか？　我の言葉を。なら、このままその両方を失うまでだ。いいのかアマタケ？」

椅子の上でカウラが身を乗りだし、丈斗に問う。

「さあ、選べ」

丈斗は歩みより、結界を叩《たた》いて叫《さけ》んだ。

「なぜだ？　なぜナツメのことを知ってる？　なぜそんな選択《せんたく》を俺にさせる？」

「教えよう。我の望みはささやかだ。ふたつの星を支配し、地上に我々の安住できる場所を作ることだ。だが我は、我が非力であることを知っている。だから、天上の地より呼び寄せたのだ。リリスとリカーラを。

　黒い光の神は、我に防御と攻撃の力を与《あた》えてくれた。この結界も彼が作った物だ。そしてリリスの意識は、空間を超《こ》えることができる。すべての情報を我に与えてくれる。民《たみ》の心の中へ入り、覗《のぞ》くことも可能だ」

「リリス自体が、空間移動孔《ジャムン》のようなものなのか？　だから、体内からナツメのエレメントが？」

「情報だけだ。物質までも転送する力はない……」

自信なさそうに言って、カウラは視線をそらす。

丈斗は知った。カウラがリリスの力を完全には把握《はあく》していないことを。

「我はおまえの情報も得た。おまえが、この中心球のどこかに潜《ひそ》んでいることを知った。厄介《やっかい》だ」

丈斗を恐《おそ》れているという本音が、その言葉の裏に見えた。

「我は、リリスにその探索《たんさく》を頼《たの》んだ。それが、失敗だった。我にもわからない。なぜ、あのような状態となってしまったのか。ナツメという娘《むすめ》との、同調の度が過ぎたのだ。今の状態では、まったく我の戦力にならない」

「ナツメを殺せば、リリスとの同調が解けるというわけか？」

「そのとおりだ。ただし、ナツメ自らの意志で死んでもらわないと、リリスへの衝撃《しょうげき》が高い。そこで、おまえから死をナツメに促《うなが》してもらいたいのだ」

「俺に言えというのか？　ナツメに自殺をしろと……」

「そうだ。日本国の民の命を救うためだ。彼女も納得《なっとく》してくれるだろう」

「もし……、俺が、ナツメの命を選んだなら……」

「他国へ逃《に》げてもらおう。地球に、リカーラが到着《とうちゃく》するまで、およそ一時間半。ナツメの隣《となり》にいる遊天童子なる妖怪《ようかい》の手を借りれば、攻撃を受けぬ隣国《りんごく》へ逃《のが》れるのはたやすいことだ。

だが、この選択をおまえは選ばない。ガーレインとなる決意をしたおまえが、たったひとりの女を守るために、多くの民を犠牲《ぎせい》になど、とてもできないはずだ。いや、我としてはぜひ、これを選択してもらいたい。そうすれば、おまえはもはや我の脅威《きょうい》ではなくなる」

と、カウラが薄《うす》く笑う。

「……他《ほか》に、選択の道は？」

「ない」

「そんなことない！　もうひとつある！」

丈斗は右手をカウラにむけた。

「我を撃《う》つのか？」

「ナツメが死んだところで、おまえたちの野望が止まるわけじゃない。結局、多くの人々が死ぬ。なら俺は、ここでおまえを撃つ！」

「ほう。おまえにできるのか？　それが？　我の野望を阻止《そし》するために、日本国の民とナツメを犠牲にする。正しい選択かもしれないな。だが、おまえにはできない」

「……できる」

「なら撃て。我は神。神は死なない。天上の地に、エレメントが戻《もど》るだけのことだ。さあ、どうする？」

第五章　文斗とナツメ

1

——『我々は、地球から四・七光年離《はな》れた場所にある星より来た創世紀軍である。我々は地球各国へ宣戦布告す。ただちに、降伏《こうふく》し、その意志表明をマスメディアを通じて全世界に流すべし。表明なき場合は、日本時間、三時三十分に日本国を攻撃《こうげき》す。この攻撃により、日本国は消失し、隣接する国々も多大な被害《ひがい》を受けるだろう』——

「なんですか、このいたずらは？」

十一月一日の深夜、官邸《かんてい》でその文書に目を通した総理大臣は、そう言いながらテーブルの上へ紙を投げた。

秘書官もそれに同意し、ほぼ同じ文面がインターネットを通じて、国連および各国へ届けられていることを告げた。

原文はエノク語で書かれ、その下に英語に翻訳《ほんやく》された文書がついていたという。

「ずいぶんこったいたずらじゃないですか？　アメリカ国防省からの連絡《れんらく》は？　ないのなら、いたずらで決まりですよ」

こうして宣戦布告は、全世界からあっさりと無視された。

こうなることを、決起した創世紀軍も予期していた。むしろ、地球があっさりと降伏するなどとは思っていない。

宣戦布告は『警告もなしに攻撃した』という批判を避《さ》けるための、儀礼《ぎれい》である。

（いたしかたない。戦争に犠牲はつきものだ。都市をひとつ消滅《しょうめつ》させたくらいでは、我々の力を地球の民《たみ》が見くびる。日本国の民、一億三千万の犠牲が必要なのだ。それで地球の民の戦意が完全に奪《うば》えるなら、安い）

創世紀軍の総司令ゾロズは、そう自分の考えを正当化した。

（なにもかもが順調だ。攻撃用星天使が、イヴ・ラランから黒い光の神《リカーラ》に、格落ちはしたが、問題はない。もうまもなくワームホールを抜《ぬ》け、地球への攻撃がなされる。もう、あと二時間ほどで……）

艦長室《かんちょうしつ》でひとり、果実茶を飲みながら総司令ゾロズは、順調に進んで来た作戦をふり返った。

総司令ゾロズは、メラ軍の第三艦隊の副司令官をしていた男である。この男が、地球侵攻《しんこう》に賛同する将校たちを集めたのだ。

そしてほんの十時間前に、デオドアの中心球に潜入《せんにゅう》した将校から『作戦開始』の合図を受けたのである。

ゾロズにとっても急な知らせだった。予定より十日ほど早い。それでもまだ誤差の範囲《はんい》である。

作戦開始を裏付けるように、星天使リカーラもあらわれた。ゾロズは将校たちに創世紀軍を名乗らせ、行動に出た。

小型戦艦七隻《せき》を軍から奪わせ、リカーラと共に地球を目指したのである。

(順調だ。なにもかも……。祈《いの》っておこう。消滅する日本国のために。そして罪を背負って死んでゆく将校たちのためにも……)

ゾロズの下にいる若い将校たちは知らない。裏でベロルがゾロズを操《あやつ》っていることを——。

侵略の責任をすべて将校たちに被《かぶ》せ、ゾロズが逃《に》げてしまう算段になっていることを——。

そしてまた、そのゾロズも知らない。星天使カウラによって、作戦が別な方向に操られていることを——。

2

『行かせてください霧山先輩《せんぱい》！』このまま日本が消滅するのを、待つわけには行きません！』

通話機のむこうで、いつも冷静なはずの九堂が叫《さけ》んでいる。

「ダメ！　動かないで。いい、よしえちゃん、サヤちゃんとハーちゃんにも、言い聞かせてね。

絶対にまだ、動かないで！」

『しかし……』

「よしえちゃんたちの戦力じゃ、中心球の扉《とびら》へ辿《たど》りつくのがやっとだよ。開けてる間にやられちゃう。ただの無駄《むだ》死に！」

『扉を少しでも壊《こわ》すことができれば、そこから雨神さんに覚醒《かくせい》信号を送ることが……』

「心配ないよ。タケちゃんはもう起きて、行動を開始してる。通信ができてないだけ」

『なぜ、そう言い切れるのですか？』

「私と私の上司の勘《かん》。占《うらな》いにもそう出てるし、ぬらりひょんのじじいも同じことを言ってる」

『勘……、ですか？』

「いいから信じろ！　私の命令を無視して動いたら、私が、よしえちゃんを、コ・ロ・スよ！」

『……わかりました』

「絶対に、皆《みんな》の力が必要になる時が来るから。それまで……、動かないで。とにかく、とにかく、我慢《がまん》だよ。我慢……」

ふいに震《ふる》えだした右手を左手で押さえ、霧山は九堂との通信を切った。

「あはは。一番、我慢が必要なのは、どうやら私みたいだよ、タケちゃん……」

と、つぶやいた。

3

「丈斗くん！」

自室のベッドの上で、ナツメが飛び起きた。

屋根の上でその声を聞いた遊天童子が、降りて来て窓を叩《たた》く。

「どうした？」

ナツメが窓を開け、青ざめた表情を遊天童子にむけ、告げる。

「丈斗くんの声が……」

軽く握《にぎ》った拳《こぶし》を遊天童子の方へ差しだし、そっと開いて見せた。

《ナツメ……》

まぎれもなく丈斗のエレメントのひと粒《つぶ》である。

「確かに丈斗のだ。いったい、どこからこれが？」

外から飛んで来たのなら、自分が気づかないはずがない。そんな自信に満ちた問い方である。

「わかりません……」

ナツメは小さく首を横にふり、丈斗のエレメントをそっと抱《だ》き締《し》めた。

4

「さあ、どうした？　なぜ撃《う》たない？」

丈斗はゆっくりとカウラにむけていた右手を降ろす。

「よせ。つまらぬはったりは。さあ、ナツメに死を頼《たの》め。それが死者を少なくする最善の方法だ」

（そんなこと、できるわけがない！）

丈斗はカウラに背をむけた。

しかし……。

家族の顔が丈斗の頭の中に浮《う》かんだ。父、母、そして妖怪《ようかい》となって成長を止めている妹。遊天童子、月華、モーギ、ミョウラ……、次々と家族同然に親しくなった妖怪たちの顔が浮かぶ。

そして、丈斗を信じ、待っているアマ連の妖怪たち——。

すべてが日本と共に消滅《しょうめつ》する。

（させない！　でも、どうやって！）

「決心がつかぬのか？　ならいいことを教えてやろう。おまえは、ナツメという女を本当は愛してはいない」

「ちがう！」

「なぜ言い切れる？　ちがうというなら、なぜ、迷わずナツメの命を助けることを選ばない？　本当に愛しているなら、少しも迷うことなどないはずだ。つまり、おまえの愛はいつわりだ」

「ちがう！」

丈斗はふりむき、撃った。

威嚇《いかく》のための力を抑《おさ》えた一撃《いちげき》だったが、怒《いか》りに増幅《ぞうふく》されていたため、結界に大きな亀裂《きれつ》がひとつ、走った。

「気をつけるがいい。おまえの能力は、時と共に、確実に高まっている」

「なんでも知っているような、口をきくな！」

「いや、知っている。我は神だ。おまえのせいで、妹が妖怪になったことも。馬首山《ばとうざん》で娘《むすめ》をひとり殺したことも、我は知っている」

「……リリスが、集めた情報か？」

「そのとおりだ。ナツメについては、おまえよりもよく知っているぞ。ひとつ教えてやろう。ナツメは、おまえのことを愛してはいないぞ。それでもまだ、日本国の民《たみ》を犠牲《ぎせい》にして、ナツメを助けるつもりか？　どうなのだガーレイン？」

丈斗は怒り、カウラに右手をむけ、撃とうとした。

「よせ！」

カウラが両手をかざして悲痛な声をあげる。

「そう感情的になるな。アマタケ、もうすこし冷静に、ものごとを判断してはどうだ？　おまえがナツメを説得できたなら、我は攻撃《こうげき》ポイントを変えると言っているのだ。アフリカ大陸の、人の少ないサハラ砂漠《さばく》あたりではどうだ？　死者はゼロではないが、数十万ほどの犠牲ですむ。日本国なら一億三千万ほどの人間の命が消滅するぞ。この数に、妖怪や動植物の数は入ってはいない」

丈斗は震《ふる》える右腕《みぎうで》を降ろし、カウラに背をむけた。

「時間をくれ……」

「他《ほか》に手はないぞ。なにをそう悩《なや》む？」

丈斗はハッチへむかって歩きだした。

「いいだろう。時間はまだ少し残っている。悩むがいい。そして他に手がないことを思いしるがいい」

丈斗はただ黙《だま》って、メル球の外へ飛びだした。

5

（考えろ！　なにか他に手があるはずだ。絶対になにか……）

身体《からだ》が小刻みに震えている。

（ナツメに死んでくれなんて……、言えるわけない。言いたくもない！）

だが……、

（日本が消滅する……）

丈斗は通路の壁《かべ》によりかかり、うずくまった。急に胸が苦しくなり、吐《は》き気がして来たのだ。立っていることさえもつらい。

『だいじょうぶかね？』

カウラの声が天井《てんじょう》のスピーカーから聞こえて来た。監視《かんし》カメラで、丈斗の様子を見ているらしい。

「うるさい。俺にかまうな！」

無理に立ちあがり、丈斗は通路を走りだした。

（とにかく……）

ゆいいつこの状況《じょうきょう》について意見を交換《こうかん》しあえるダリオの元へ、丈斗は急いだ。

《丈斗くん……》

すれちがうナツメのエレメントを手に取ることができず、避《さ》けるようにすり抜《ぬ》けて、丈斗は走った。

第二監理《かんり》室のドアを開けると、ダリオの身体は出た時と同じ状態のまま横たわっていた。まるで死んでいるように、眠《ねむ》っている。

丈斗は覚醒《かくせい》のためのエレメントをダリオの意識に送りながら、軽く肩《かた》を叩《たた》いた。

「ダリオさん、起きてください！」

苦痛に顔をゆがめて、ダリオが右目をあける。

「ここは……？」と丈斗に問いかけ、すぐに「ああ……」と状況を理解する。

保護され病院かどこかで目覚めることを期待していたらしく、不満そうな片目で丈斗を見つめる。

「メル球の中に入って、カウラに会いました」

丈斗が状況を説明しはじめると、ダリオは黙って耳をかたむけた。

話し終わると、ダリオはふたつの質問を口にした。

「人工精霊《エレメンタル》はすべて倒《たお》されてるわけね？」

「はい」

「リリスも、今は機能していないのね？」

「そうです」

「それじゃあ、この部屋での会話はカウラに知られてないわ」

ダリオは少し沈黙《ちんもく》してから、自分の意見を丈斗に告げた。

「私があなたの立場なら、ナツメに自殺を頼《たの》むわ。被害《ひがい》の少ない場所への攻撃変更《へんこう》を確認《かくにん》してから、カウラを撃《う》つ」

「それで、ベロルの思惑《おもわく》どおりですね。メラ軍が反乱軍を制圧して、地球を統治する。やっぱり、敵対するあなたに、意見なんか求めるんじゃなかった」

「そう怒《おこ》らないで。いいわ。今は戦争を回避《かいひ》する方向で、私も考えることにするわ。それにしても、変だと思わない。ナツメが死んでも、あなたがカウラを撃てばすべてが終わる。カウラがこれを考えていないはずない」

「どういうことでしょう？　ナツメが死ぬと、俺がカウラを撃てない状況になる？　もしくはなんらかの力を得るってことですか？」

「そうね。リリスの能力が回復すれば、ありえるわ。たとえば瞬時《しゅんじ》に、リカーラをここへ呼び戻《もど》すことができるようになるとか……」

それを聞いて丈斗は、少し安心した。これでナツメを生かす方向で、作戦を考えることができると――。

「とりあえず、こんな方法はどう？　私たちが入って来たメンテナンス用の出入り口、正式名《めい》称《しょう》はバウマン扉《とびら》って言うんだけど、あなたのエレメントなら壊《こわ》せるはずよ」

「通信を可能に？」

「そう。外部にカウラの陰謀《いんぼう》を伝えるの。それでもう、メラ軍が地球へむかうことはないわ」

「でも、それでは……」

丈斗の反論を遮《さえぎ》ってダリオは続ける。

「わかってるわ。地球攻撃《こうげき》を阻止《そし》できない。でも、可能性はあるのよ。望みが達成できない以上、地球への攻撃はカウラにとっても無用な殺戮《さつりく》でしかないわ」

「俺への腹いせで、そのまま日本を攻撃するかもしれない」

「そうね。でも、これだけは確かよ。今よりも確実に、カウラとの交渉《こうしょう》の幅《はば》が広がるわ」

丈斗は考えこんだ。

痛みを堪《こら》えながら、ダリオが身体《からだ》を起こし、さらに言う。

「それでダメならカウラを撃てばいいのよ。カウラさえいなければ、別の星天使を召喚《しょうかん》して、リカーラの攻撃を阻止するという手も考えられるわ。それともあなたに、なにか別の作戦がある？　それとも……」

ナツメに死ねと言えるのか？　その質問を予想し、丈斗は先に首を横にふった。

(できない。そんなことしたくない。誰《だれ》ひとり、死なせたくない)

「じゃあ急いで。時間がないわ」

丈斗はうなずき、ダリオの指示に従っていくつかの準備を整えた。

作戦は単純である。

閉《と》ざされているバウマン扉を、エレメントで撃ち抜く。それでもまだ通信はできない。中心球の周りをシールド結界が覆《おお》っているからだ。

空気の流失を防ぎ、人工重力を発生させるためのシールド結界である。カウラはこれをさらに強化させて、通信ができない状態にしているのだ。

このシールド結界をも撃ち抜き、穴をあけて通信を可能にするのが丈斗の役目である。

「準備はいいかしら？　さあ、行って」

第二監理室を出て、丈斗はバウマン扉へむかって走りだした。右手にエレメントを溜《た》めながら――。

『答えろ。なにをするつもりだ、アマタケ？』

通路の監視《かんし》カメラが丈斗を追い、スピーカーからカウラの声を流す。

『警告する。やめたほうがいい。場合によっては、死ぬことになるぞアマタケ』

「俺がなにをしようとしているのか、わかってるのか？」

『予想はついた。進行方向から見て、バウマン扉の破壊《はかい》だ』

「これで、おまえの策略は失敗する。メラ軍は動かない」

『では行け。バウマン扉の前へ。その目で確認するがいい。そして、そんなことが不可能だという事実を、理解するがいい』

「どう不可能だと言うんだ？　ルヨンのエレメンタルはもうない。おまえが操《あやつ》れるエレメンタルはもう、この中心球の中にはないぞ」

『おまえは騙《だま》されている。あの女に。残念ながら、通信をおこなっても、ベロルの傭兵《ようへい》たちが、我とおまえを殺しに来るだけだ。メル軍はなにも知らないまま、地球を統治する。すべてベロルの思惑どおりだ』

「ならあきらめたらどうだ？　どっちにしろ、おまえの望みは叶《かな》わない」

返事がない。

「カウラ？　どうなんだ？」

『かわいそうに。やはり、おまえはあの女に騙されている。これではっきりとした』

「なにがどう、はっきりしたんだ？」

『今にわかる』

丈斗はバウマン扉へと続く通路にでた。

前方にバウマン扉が見える。その前に、ポツリとひとり、誰かが立っていた。

男である。血だらけの男——。

丈斗は足を止めた。

「ルヨン……」

まぎれもなくルヨンである。はりつけにされたキリストのように、目を閉じ両手をあげ、バウマン扉の前に立っている。

「ルヨン！　どうしてここに？　傷はだいじょうぶなのか？」

丈斗は駆《か》けよった。

(歩けないほどの酷《ひど》い傷に見えたが、たいしたことはなかったのか？　それとも、なにかで治《ち》癒《ゆ》したのか？)

ルヨンが静かに目を開けて言った。

「ダメだよアマタケさん、こっちに来ちゃダメだ」

「どうしたんだ？」

丈斗はまた、足を止めた。ルヨンが泣いている。

「アマタケさん、私はもう死んでる。死んだ妖怪《ようかい》はエレメントの固まりで、私たち半妖怪は、人の肉体とエレメントが半々の固まり……」

「ルヨン？」

「だから、エレメンタルと同じなんだ。逃《に》げてアマタケさん。私の身体はもう、私の意思では動かせない」

ルヨンの両手が丈斗にむかって降ろされる。

エレメントの溜まった両手である。丈斗を撃《う》つつもりらしい。

『そのとおり。ルヨンの肉体は我が操っている。それ以上バウマン扉《とびら》に近づけば、攻撃《こうげき》を受けることになるぞアマタケ』

「くっ……」

丈斗は走りだした。ルヨンにむかって――。右腕《みぎうで》を構えながら――。

『無駄《むだ》なことを！』

ルヨンの左右の腕から、ふたつの光が丈斗を狙《ねら》って放たれる。

丈斗は身をひねり、どうにか、ひとつを横にかわす。しかし、ふたつめはかわせない。

結界の楯《たて》で受け止める。

だがその破壊力はすさまじく、楯は粉々に砕《くだ》け、丈斗の身体を通路の奥へと弾《はじ》き飛ばす。

『理解したか？　これでも手加減しているのだぞ。死体になったとはいえ、ルヨンの妖力はおまえよりも上だ』

丈斗は立ちあがった。胸にできた大きな焦《こ》げあとをさすりながら。

カウラが手加減していなければ、ルヨンのエレメントは丈斗の胸を貫《つらぬ》いたはずである。

「逃げてくださいアマタケさん。私はあなたを、傷つけたくない……」

丈斗はまた、ルヨンにむかって走りだす。

「すまないルヨン！」

右手をかざし、丈斗は撃った。右手に蓄積《ちくせき》したエレメントのすべてを出し切る、最大の一撃を――。

反動で丈斗の身体《からだ》が後ろへ転がる。

ルヨンはすばやく、結界で身を包み、天井《てんじよう》の隅《すみ》へ飛んだ。

エレメントの一撃は、バウマン扉を破壊し、外へ流れた。そして、強化されたシールド結界にひび割れを走らせ――、そこで止まる。

結界でエレメントをやり過ごしたルヨンが、襲《おそ》いかかって来た。小さなカマのような武器を両手に構え、丈斗へ――。

右手のエレメントは空である。丈斗には、もう逃げるしか術《すべ》がない。

しかしルヨンのスピードは、わずかに丈斗より上だった。

足を蹴《け》られバランスを崩《くず》した次の瞬間《しゆんかん》にはもう、ルヨンの身体が丈斗を床《ゆか》に押さえこんでいた。

「殺したくない。私はアマタケさんを！　ガーレインを殺したくない！　やめてくれ！」

泣きながらふり降ろされたルヨンのカマが、丈斗の首のすぐ横の床に突《つ》き刺《さ》さる。威嚇《いかく》である。

『どうなのだ？　これで、はっきりと理解したのではないのか？　力の差を』

ルヨンの空いている方のカマがすばやく、丈斗の腰《こし》からエレメントカートリッジのホルダーを切り裂《さ》いて奪《うば》い取る。

これでもう、強いエレメントを撃つこともできない。

「ごめんなさいアマタケさん。あなたの力になりたかったのに、結局、私はアマタケさんを苦しめる存在になってしまった」

「しょうがないさルヨン。君のせいじゃないよ。だからもう、泣かなくていい」

ふいに、スピーカーに雑音が入り、割れた声が響《ひび》いた。

『聞こえるかしらカウラ?』

「ダリオさん!」

『アマタケ? 見てたわ。こっちのモニターで。こうなるかもしれないって思ってた。だから……』

「だから?」

『爆弾《ばくだん》を用意させてもらったわ。カウラ、聞こえる? 私は今、反応炉の前よ。邪魔《じゃま》なエレメンタルが居なくなったから、この作戦を実行に移させてもらうわ』

『なるほど。反応炉ごと中心球を爆破する気だな』

『そうよ。ルヨンを使って止めようとしても、もう間に合わないわよ』

『そうらしい。それで我々は仲良く、粉々になるわけか』

『そうよ』

『聞こえているかアマタケ? この女はおまえを騙《だま》したのだ。地球攻撃を最初から止める気などなかった。すべてが、ベロルの思惑《おもわく》どおりだ。日本国は消滅《しょうめつ》し、ナツメも死ぬ。おまえも、我も……』

「待ってくださいダリオさん！　こんな作戦、俺は聞いてませんよ！」

『ごめんね。結局、私はこういう女なの。ここが吹《ふ》き飛んでカウラがいなくなれば、私のしたことは、失敗じゃなかったってことになるの。デオドアという巨大《きょだい》な衛星召喚円《しょうかんえん》を見事に作り、地球攻撃用の星天使を召喚できた。その歴史に、私の名が残るわ。それで満足よ』

「自分の名声のためですか？　それで多くの人が死んでも、構わないんですか？」

『甘いこと言わないで！　たいした数じゃないわ。地球とメラ星を、カウラに支配されることを考えれば。これでも私は、私なりに救世主のつもりよ』

「ダリオさん！」

雑音が消える。ダリオが通話を切ったのである。

『実証されたな。これでまたひとつ我の言ったことが。あの女は、おまえを騙し、囮《おとり》に使ったに過ぎない』

6

運搬《うんぱん》用の台車を車椅子《くるまいす》がわりにして、ダリオは反応炉制御室《せいぎょしつ》の中を進んでいた。あとは、制御ノズルの弁を開け、中にエレメント爆弾を投げこむだけである。

角を曲がるとノズルの弁は、すぐ目の前にあった。ダリオは左手に爆弾を持ち、右手で弁を回しはじめる。

身体の痛みはもうない。興奮と薬の作用によって、神経が麻痺《まひ》しているのだ。

弁の蓋《ふた》が開く。

しかし――。

ダリオは悲鳴をあげ、床に転がった。左手に激痛が走ると共に、台車の上から床へと押し倒《たお》されたのである。

カウラだった。手に、ダリオの爆弾を手にしている。

「思いちがいだ。我がメル球から出られないなどと考えるのは――。我が恐《おそ》れたのは、ルヨンだ。そのルヨンが我の力となった以上、この中心球の内部に、もはや脅威《きょうい》はない」

「ちくしょう！　先回りして、私を待っていたわね！」

笑うカウラに、ダリオは通信機を投げつけた。

飛んで来た通信機を軽く叩《たた》き落とし、カウラは涼《すず》しい顔で言う。

「そのとおり。簡単に見当がついた。おまえがなぜ、爆弾を持って部屋を出たのか。行き先はひとつしかない」

ダリオがすばやく銃《じゅう》を抜《ぬ》き、カウラにむけて撃《う》つ。

カウラのかざした右手の結界が、それを弾《はじ》く。

「このくらいはできる。我がいくら、非力な星天使とはいえ」

カウラの指先から伸《の》びたエレメントの細い光が、ダリオの右腕《みぎうで》を撃ち抜き、銃を床《ゆか》に落とさせた。

「無用な死は望まない。だが、罰《ばつ》は必要だ」

落ちていた銃を拾いあげて、カウラはダリオの額にむけた。

「さあ、祈《いの》るがいい。そして、アマタケに懺悔《ざんげ》の言葉を」

カウラが空いている左手を天井《てんじょう》のスピーカーへむけると、そこから丈斗の声が響いた。

『やめてくれ、カウラ！　ダリオさんを殺さないでくれ』

「なぜ許す。おまえを騙した女だぞ？」

『しかたないさ。ダリオさんなりに、最善と思える方法を、選択《せんたく》しただけだ……』

「いいだろう。おまえが殺すなと言うなら、我は撃たない。ただし条件がある。今すぐ、ナツメに死を了承《りょうしょう》させろ。どうだ？　できるかアマタケ？」

『………』

「猶予《ゆうよ》はない。返事がなければ、この女は今すぐ、ここで死ぬ」

『……わかった……』

「それでいい。それがおまえの選ぶべき最善の方法だ。ガーレインとしてのな。リリスの下《もと》で待つ。すぐに来い。五分以上、我を待たせればこの女の命はない」

7

丈斗は壊《こわ》れた扉《とびら》の前に立った。

すり鉢《ばち》状の底にある円形の舞台《ぶたい》の上で、カウラとリリスが丈斗を待っている。

「どうした？　入れアマタケ。早くこっちへ来い」

リリスの横に立つカウラが手招く。

「ダリオさんはどこだ？」

「少し先の通路だ」

空間にモニターを開き、通路の床に倒れているダリオの姿を見せた。

気絶しているらしく、目を閉じたまま動かない。

「ここへ連れて来てもよかったのだが、邪念《じゃねん》が入るとまずい」

「邪念？」

「リリスは人の心に強く反応する。無用な思考は無いほうがいい。さあ、早くこっちへ来い。約束を守れ。できないなら、いつでもルヨンを使って、あの女を殺すことができるぞ」

丈斗はうなずき、段をおりた。時間を稼《かせ》ぐようにゆっくりりと。

しかたなくここまで来たものの、決心がついたわけではない。

（どうすればいい？　どうすれば……）

手だては見つからない。

（どうすることもできないなら、ナツメに……。嫌《いや》だ。しかし……）

一億三千万の命の重さと、たったひとりの女性の命を比べるわけにはいかない。

（どうすればいい？　俺は、どうすれば……）

《丈斗くん……》《丈斗くん、どうしたの？》《なにかあったの？》《私は元気よ》《私はここにいるわ》《会いたい……》

リリスの腹の傷からこぼれ出るナツメのエレメントが変わっていた。ただの呼び掛《か》けではなく、はっきりとした思考を伝えはじめている。

ナツメが丈斗のエレメントを受け取り、それに返答しはじめたことを、丈斗は知った。

「ナツメ！」

胸の奥が痛んだ。

会いたい！　ナツメと話がしたい！

その強い痛みに似た思いに突《つ》き動かされて、丈斗は舞台の上のリリスへと駆《か》けよった。

「触《さわ》るな！　リリスに触《ふ》れるな」

カウラが丈斗の腕を押さえ、命じる。

「座れ。座って目を閉じろ。意識をナツメと繋《つな》げてやろう。繋がったなら、ナツメにも伝えるのだ。座って目を閉じろと」

言われたとおり、丈斗はその場に膝《ひざ》を落として目を閉じた。とたんに、ナツメの姿がぼんやりと見えたような気がした。

《丈斗くん……。どこにいるの？　無事なの？》

《ナツメ……。俺はここだ。座って目を閉じてくれ》

《丈斗くん！》

——目映《まばゆ》い光があたりを包み、めまいのような感覚に丈斗は襲《おそ》われた。そして、意識がどこかへ流れてゆく。

ふいに丈斗は気づいた。椅子《いす》に座り、映画雑誌を眺《なが》めている自分に。

紅椿学園の図書室の中である。

学生服姿の生徒たちが、小声で話しながら丈斗の後ろを通り過ぎてゆく。

雑誌も、テーブルも、椅子も、床《ゆか》も、そこに実在するかのように感触《かんしょく》があった。

（ここはどこだ？）

《意識の世界だ》カウラの声が、頭の奥から聞こえた。《感触のある夢。簡単に説明するなら、そのような場所だ。顔をあげろ。ナツメはそこにいるぞ》

丈斗は顔をあげ、ナツメを探した。

いつものように、テーブルの斜《なな》め前の席に座っていた。

ナツメも気づき、不安そうな目で丈斗を見つめる。

「だいじょうぶだよ」

丈斗がそう声をかけると、ナツメは立ちあがり、感触を確かめながら、テーブルを回って来た。

「丈斗くん、これは夢？」

「感触のある夢の世界だ。でも、俺の意識も、ナツメの意識も本物だ」

「丈斗くん、いったいなにがあったの？」

そうたずねながら伸《の》ばしたナツメの手が、丈斗の身体《からだ》をすり抜《ぬ》ける。

会話はできても、触れ合うことはできない。ふたりはそれを知った。

「座ってくれよ。ちゃんと説明するから」

ナツメがうなずいて、丈斗の横に座る。左手で髪留《かみど》めを押さえながら——。

いつもするナツメのなにげない仕草である。丈斗にはそんな仕草のひとつまでもが、懐《なつ》かしく、いとおしい。

そんなナツメを前にして、丈斗はなにも言えなくなった。

言いにくい話であることを察したのか、ナツメは微笑《ほほえ》み、先に言葉をかけた。

「……でも、よかった。丈斗くんが無事で……。夢でもいいよ。また、こうやって会えたんだから」

テーブルの上の丈斗の手に、ナツメが手を重ねる。ふたつの手は、影《かげ》のようにすり抜けて交わるだけで、その温《ぬく》もりさえ感じることはできない。

「その前に、俺……、ナツメに、伝えておきたいことがある……」

「うん……。私もある」

「俺……。あのな……」

「うん、なに？」

「……はっきり言うよ。俺は、ナツメが、好きだ……」

「うん、うん」

と、ナツメは子供をあやすように、なんどもうなずき、

「私もよ。私も、丈斗くんが、好き」

微笑む。

傷口をむりやり押し開かれるような痛みが、丈斗の胸の中を走った。

（やめてくれ……）

そんな返答を丈斗は期待していなかった。むしろ、嫌《きら》いだと言って欲しかった。せめて、なんとも思っていないと、言って欲しかった。

（俺はナツメに、これから……）

死んで欲しい。そう頼《たの》まなくてはならない。

「……そうじゃなくて……。その、好きじゃなくて……」

丈斗は言葉を確認《かくにん》した。

「うん、その好きじゃないよ。私、丈斗くんを愛している。今は、そうはっきり言えるよ」

（ちくしょう。騙《だま》したなカウラ！）

《状況《じようきよう》が変わっただけだ。ほんの少し、ナツメの心が変化しただけのことだ。愛と軽々しく言ったが、この女はそれがどういうものなのか、理解してはいない。愛かもしれない、程度のレベルだ。気にすることはない》

（黙《だま》れ！）

《では、やめるか？　ナツメを助け、日本国の消滅《しようめつ》を選ぶのか丈斗？》

うつむいて黙りこんだ丈斗にむかって、ナツメは話しはじめた。

「私、わかったの。丈斗くんがいなくなって。どんなに丈斗くんが、自分に必要な存在だったか、やっとわかったの。

丈斗くん、私がまだ半分植物だった時、身体、拭《ふ》いてくれたよね。やさしく。覚えてるよ。お母さんみたいに、私にやさしくしてくれた。

私のために、妖怪《ようかい》退治をして妖魂《ようだま》を集めてくれた。そのせいで丈斗くんの妖怪化が進んだんだよね。

私のために、私のせいで――」

「よせよ。俺が勝手にしたことだ。見返りが欲しくて、したことじゃない」

（ただ、もう一度、ナツメの元気な姿が見たかっただけだ）

「そうじゃないの。そうじゃないの丈斗くん。私、気づかなかった。ずっとそれが、あたりまえのような気がしてたの。丈斗くんが私にしてくれたこと。

私は一度、死んだの。思考を持たない植物の妖怪になったの。それを丈斗くんが人間に近い妖怪へ戻《もど》してくれた。私は丈斗くんのおかげで生まれ変わって、育てられたの。

だから、丈斗くんは私のお母さんのような存在。あたりまえのように、ずっと見守ってくれている存在。そう私、心のどこかで思ってたんだと思う。だから、気づかなかったの。

丈斗くんが、私にとってどんなに大切な存在かってことが――。

私の前から居なくなって、声が聞けなくなって、メールが届かなくなって、私、そのことにやっと気づいた。

私は丈斗くんが好き。ずっと私の側《そば》に居て欲しい。今はそう、はっきり言えるよ」

「ナツメ……」

（俺もだよ。ナツメの側にずっと……）

丈斗はそう言いたかった。けれど言えない。言えば、いっそう辛《つら》くなるのがわかっている。

――言葉が出ない。

「私、祈《いの》ってた。ずっと丈斗くんが無事に帰って来ること。早く私に、笑顔《えがお》を見せてくれること。

祈りながら思いだしてた。この図書室で丈斗くんと話をしたことや、映画を見に行った時のこと。覚えている？　映画のあとで入った小さな喫茶店《きっさてん》。なんだか緊張《きんちょう》して、いつもみたいにうまく話せなかったよね。雪の降りそうな寒い日だったのに、丈斗くんアイスコーヒーを頼んだんだよ」

くすくすとナツメが笑う。あの頃《ころ》のように。

「でも、懐かしい……。その後、いっしょに並んで歩いて帰ったよね、あの並木道」

「覚えてるよ……」

丈斗は鮮明《せんめい》に覚えていた。冷たい北風の匂《にお》いや、曇《くも》り空《ぞら》から時々さす陽光の温かさまでも、思いだせる。

歩調を合わせてゆっくりと進みながら、横にあるナツメの手を握《にぎ》り締《し》めて歩きたいと、なんども思ったことを――。

「それなのにごめんね、次のデートの約束、断ったりして。姉さんをあんなことにした私なんかが、幸せになっちゃいけないって考えてた……」

「もう済んだことだよ」

「私、なにもかも、どうでもいいみたいに、あの頃は考えてた。だから、妖魔《ようま》につけいられた。

そんな私なのに、丈斗くんは助けてくれた。今は、とても感謝してる。ありがとう丈斗くん」

丈斗は思いだした。ナツメを妖魔の中から引きずりだした時に、自分が言った言葉を。

――『帰ろう夏芽。俺、おまえのこと守るから。必ず守るから』――

そして、丈斗は遺書にも書いた。

――『俺、ずっとナツメを守りつづけたい』――

しかし……。

(ナツメ……、俺……、おまえを守ってやることが……)

「丈斗くんが、大切に私を育ててくれたこと、覚えてるよ。赤ん坊《ぼう》みたいに、思考がなくて、記憶《きおく》が曖昧《あいまい》だけど、私、覚えてるよ。丈斗くんが時々、悲しそうな表情で外を眺《なが》めていたこと。私、誰《だれ》でも皆《みんな》、そうだと思ってた。その時の私がそうだったから。でも、ちがう。丈斗くんを悲しませてたのは私。やっとわかったよ。ごめんなさい。ごめんなさい丈斗くん」

丈斗は答えることができず、小さく首を横にふった。

(そんなこと、もう、どうでもいい……)

いつのまにかまわりの景色が、図書室の中から、丈斗の昔の部屋に変わっていた。

「でも今は、あの時のことも私の大切な思い出になってる。私が返事をしないってわかってるのに、丈斗くんはたくさん、話しかけてくれたよね。少しずつご飯を食べさせてくれた。髪《かみ》をとかしたり、身体《からだ》を拭いてくれたりした。とても、うれしかった。

誰かが私を必要としてくれてる。大切にしてくれてる。そう思えたから、私、人に近い姿に戻れた。ありがとう丈斗くん。

今はぜんぶ、私の大切な思い出。

丈斗くんの自転車の荷台に乗って、昔の家を見に行ったことも。

丈斗くんからもらった、たくさんのメールや電話も。

丈斗くんがいなくなってわかったの。その思い出がどんなに、私にとって、どんなに重くて、大きく、大切だったかってこと……。

たくさんの思い出、ありがとう。

でも、まだ入るよ。私の中に、丈斗くんとの思い出、まだまだ、たくさん入るよ。

だから……。Lマックスに、行こうね。映画や、食事も……。あの並木道、今度は手をつないで歩きたい……。

もっともっと、いろんな思い出、丈斗くんとつくりたい……。

でも、もう遅《おそ》いのかな……？　もう、丈斗くんとは、会えなくなっちゃうの……？

ねえ、丈斗くん……？」

声が震《ふる》えていた。

丈斗は顔をあげることができず、うつむいたまま、言葉を絞《しぼ》りだす。

「ごめん……。俺……。おまえを守ってやること、できない……」

「なにが起こったの？　私のことはいいから……。私のことは、もう守らなくてもいいから……。教えて？　教えて丈斗くん、私にできることなら、なんでもするから。今度は、私が丈斗くんを守る番だから……」

　丈斗は答えることができなかった。言葉を吐《は》けば、そのまま泣き声になる。そう思った。

「丈斗くん、教えて？　なにが起こったの？　私、どうすればいいの？」

《答えてやれ。どうしたのだアマタケ？　なぜ、説明してやらない？　なぜ、ナツメに死を頼《たの》まない？》

　痺《しび》れを切らしたカウラの言葉が、丈斗の中で響《ひび》く。

（できない……）

《いまさらか？　日本国消滅《しょうめつ》を了承《りょうしょう》するのか？》

（ちがう……。もう少し時間をくれ……）

《時間は無い。まもなく、リカーラを引き連れた創世紀軍が、ワームホールから抜《ぬ》け出る。時間はもう無いのだ。早く、ナツメに告げろ！　日本国の民《たみ》のために死んでくれと頼め！》

（ダメだ！　できない！　俺にはそんなこと！）

《ふぬけめ！　おまえはすでに、馬首山で娘《むすめ》を殺しているのだぞ。核《かく》に近い暴発を防ぐため、おまえは、美也乃《みやの》という娘を、父親の妖怪《ようかい》といっしょに撃《う》ち殺した。忘れたのか？　同じ状《じょう》況《きょう》ではないのか？　それがどうだ？　今度は、たったひとりの半妖怪のために、一度、死んで

いるような者のために、日本国を消滅させるのか？　それかガーレインのすることか？　人と妖怪、そしてメラ星との共存を唱える救世主、アマタケのすることか？》

丈斗は顔をあげた。

「ナツメ……。俺、おまえに……、頼まなきゃ……」

肩《かた》を震わせて、丈斗は泣きだした。もう、言葉にならない。

「丈斗くん……」

《もういい！　退《ど》け！　我が説明する。おまえの意識を少しだけ、我に貸せ。了承するだけでいい。おまえに代わって、我が説明してやろう》

こじ開けるようにして、カウラの意識が、丈斗の意識の中に入って来る。丈斗はそれに抵抗《ていこう》した。

しかし（そうする方がいいのかもしれない）という思いが心のどこかにあり、丈斗は抵抗を押し通すことができなかった。

丈斗の影《かげ》が長く伸《の》びて、見知らぬ男の姿に変わるのをナツメは目にした。

「誰？」

《我は神。我の名はカウラ。デオドアは今は、我の手中にある。そして日本国の運命も》

カウラは淡々《たんたん》と状況をナツメに告げた。ナツメは黙《だま》って、それに耳をかたむける。

丈斗は自分の耳を押さえたくなった。聞きたくなかった。しかし、カウラの声は、自分の内部からも聞こえて来る。

《ナツメ、どうなのだ？　これは、アマタケの望みでもあるぞ。同調し過ぎているリリスを切り離《はな》すにはもう、おまえに死んでもらうしかないのだ》

意見を求めるように、ナツメの視線が丈斗へむいた。

丈斗も顔をあげる。

「ナツメ……、俺……」

もう、それ以上なにも答えることができない。

ナツメは小さくうなずいて、微笑《ほほえ》んだ。

「うん、わかった。丈斗くん。私……、いいよ」

（ナツメ！）

丈斗はナツメを抱《だ》き締《し》め、そのままどこかへ逃《に》げてしまいたい衝動《しょうどう》にかられた。なにもない、ふたりだけの世界へ――。

たとえそれが、死の世界でも構わないような気がした。

「私、平気だよ。私、丈斗くんのためなら、……死ねるよ。もともと、丈斗くんが救ってくれた命なんだもの。それで、丈斗くんが無事なら……。皆《みんな》が助かるなら……。どうすればいいの？　私、どうやって死ねばいいの？」

その問いにカウラが答える。

《心臓を突《つ》け。刃《は》の長い、鋭利《えいり》なナイフがいい。みぞおちから刺《さ》し、左上にむかって突きあげるのだ。わからなければ裸《はだか》になれ。場所を教えてやろう》

「やめろ！」

丈斗は叫《さけ》んだ。

その叫びに、なにかが反応した。

《やめて》《やめて》《やめて》《カウラ》《やめて》

あたりに声が響いた。

カウラと同じように、ナツメの影が伸びて、女性の姿へ変わってゆく。

《リリス？　目覚めたのか？　今、助けてやるぞ！　リリス！》

世界がぐるりと、その場で一回転するような感覚に丈斗は襲《おそ》われた。

8

「遊天、なにが起こってるんだ？」

駆《か》けつけた月華の問いに、遊天童子は横たわるナツメをじっと見おろしたまま、「わからない」と小さく首を横にふった。

わかっていることは、ナツメが意識を失ってから、すでに十数分が経過していることと、その体内から不可思議な妖気《ようき》が漏《も》れ出ていることだけである。

あきらかに、ナツメの妖気ではない。

そして――。

虫たちを集める夜の街灯のように、ナツメの体内から出る妖気が、邪鬼《じゃき》たちを引き寄せていた。

邪鬼は、魚ほどの知能しかない妖怪《ようかい》たちで、力も弱い。月華と遊天童子を恐《おそ》れ、今はただナツメの家の上空を鳥の群れのように旋回《せんかい》しているだけである。

しかし確実に、その数が増え続けている。

「そろそろ少し、駆除《くじょ》しておいた方が無難だ」

言って月華が刀に手をかけた。

数千、数万の群れともなれば、手がつけられなくなる。

「ああ、頼《たの》む……」

と、遊天童子はナツメから目を離さずにうなずく。

「どうする遊天？　モーギたちも呼んでおくか？」

それほどの状況《じょうきょう》なのか？　という問いを含《ふく》んだ質問である。

「……………」

微《かす》かに、ナツメの唇《くちびる》が動きだした。遊天童子は意識を集中させ、その唇の動きを読んだ。

（……リリス……）

ナツメの唇が、確かにそう動いた。

ひとつ、大きく身を震《ふる》わせて、遊天童子は叫ぶような声で言った。

「呼んでくれ！　すぐにモーギたちを呼んでくれ！」

9

気がつくと丈斗は草原の上に立っていた。血に濡《ぬ》れた剣《けん》を右手に固く握《にぎ》っている。

横に女が倒《たお》れていた。

胸を突き刺されたらしく、白いドレスが溢《あふ》れでる血に赤く染まってゆく。

《同じことを、同じ時をくり返すのですか、カウラ？》

声は倒れている女の心の中から、聞こえて来る。どことなくナツメに似た女性である。

丈斗はすぐに、それがリリスであることに気づいた。

《ちがう。同じではない。我はただ……》

カウラの声が自分の中から聞こえる。丈斗は、血に濡れた剣を持っている自分が、カウラであることを知った。

過去の光景である。

カウラがリリスを殺した、その瞬間《しゅんかん》の記憶《きおく》から出現した景色の中に、カウラの姿を借りて立っていることを丈斗は理解した。

「確かに見届けたぞカウラ王」

見知らぬ男の声が響《ひび》く。

顔をあげると、馬上に鎧《よろい》を纏《まと》った男の姿があった。その背後には、数万の軍隊が荒野《こうや》に広がっていた。

丈斗の中にカウラの記憶が流れこんで来る。楽しげに笑うリリスの思い出と共に――。

そこが地球なのか、他の惑星《わくせい》なのか丈斗にはわからない。中世に似た世界であることは確かである。

いくつかの国があり、ときおり争いが起こっていた。

リリスの父親はその世界でも一、二を争う大きな国の王だった。強大な軍事力を持つ大国が攻《せ》めて来る情報を得て、父親はリリスをカウラへあずけることにした。

カウラの国は、わずか数千の民《たみ》がよりそう小さな国だった。鉱石を削《けず》り、見事な飾《かざ》りを作る職人たちばかりが住む国。

そんな小さな国だからこそ、大国の国王の娘《むすめ》が隠《かく》れているとは思わないだろうと、リリスの父親は考えたのである。

リリスを預かったカウラは、すぐに恋《こい》に落ちた。リリスもそうだった。

わずか半年の甘い日々の中で、カウラとリリスは永遠の愛を誓《ちか》う。

しかし――。

リリスの父親の国は滅《ほろ》ぼされ、兵はカウラの国へも押し寄せた。

「おまえたちの国は我々が支配する。王族の娘リリスをただちに処刑《しょけい》せよ。命令を聞かぬなら、いますぐ、国を丸ごと荒野の塵《ちり》と変えてみせよう」

カウラはリリスを逃《に》がそうとしたが、それも叶《かな》わなかった。

「私を殺してください」

そうリリスは言った。

兵の前で、カウラはリリスを刺《さ》した。そうするしか、国の民を救う方法がなかった。

「引け！」

それを見届けた数万の軍が、カウラの前から去った。残されたのは、しだいに冷えてゆく、リリスの身体《からだ》――。

カウラはリリスを生き返らせるため、禁断の術を使うという妖魔術師《ようまじゅつし》の元へ走った。

それから億という年月が流れた。

丈斗に、その膨大《ぼうだい》な月日の記憶を理解することはできなかった。自分が生まれ、生きた年月を遥《はる》かに超《こ》える量の記憶である。

ただ、丈斗は感じた。その長い年月をもってしても、カウラとリリスが結ばれることがなかったことを――。
人から妖怪《ようかい》、妖怪から天使、天使から星天使へと転生をくり返してもまだ、ふたりは安住の地を得ることができないことを――。
《同じです。同じ時をくり返そうとしています。そしてまた、あなたは私を殺すのです。ナツメといっしょに》
《そんなことはしない。死ぬのはナツメだけだ。それでおまえの同化が解ける》
《同じ時のくり返しです。ナツメが私と同じ苦しみを持ち、丈斗があなたと同じ苦しみを持ち、そして私たちの辿《たど》った道を、ふたりが歩むことになります。同じ時のくり返しです》
《もはや、他者のことなど、どうでもいい》
《自分の苦しみを他者に押し付け、生きるつもりですかカウラ？》
《なぜだ？　リリス？　一億もの年月を待ち、やっとめぐって来た好機ではないか。我はこの巨大《きょだい》な召喚円《しょうかんえん》によってリカーラの力を得た。これで、ふたつの国を治めることができる。争いのまったくない世界を築くことができる》
《神は、天使による民の支配を望んではいません。たとえそれがどんなに平和だろうと、人は自分の力で成長し、争いを止《や》めていかなくてはならないのです》
《それを待てと？　億ではきかない月日が必要だとしても？》
《天使が世界に君臨すれば、民は堕落《だらく》します。争うことも、争いを止めることもできない生物

と化すだけです》
《そうかもしれない。だが、他《ほか》に方法はないのだ。我は、民の支配を望んでいるのではない。我はただ、昔のように、地上にふたりの安息の地を作りたいだけなのだ。それには、支配が必要だ》
《望みません。私は望みません。誰《だれ》かの犠牲《ぎせい》の上にできる幸せなど。ましてや、この娘や、多くの民の命を奪《うば》ってまで……》
《綺麗《きれい》ごとを……》
《ではなぜ、あの時、私を殺したのですか？　民を救うためではなかったのですか？　あの慈《じ》悲《ひ》の心を、なぜあなたは忘れてしまったのですか？》
《後悔《こうかい》している。我は、民を捨て、おまえを選ぶべきだったのかもしれない。もしくは、あの場で、おまえと共に死ぬべきだったのだ。
——苦しい。おまえへの思い、もはや我には耐《た》え切れない。心が、身体が、押し潰《つぶ》されてゆく》
《いかにあなたが変わろうとも、私は覚えております。あなたが、やさしい心を持っていた頃《ころ》のことを》
《おまえへの想《おも》いは変わらない。いや、いっそう強くなっている》
《思いだしてください。あの頃のことを》

《思いだしたくない。胸が痛む。我は未来を……。おまえとの未来を想うだけだ》

景色が変わる。

湖のほとりだった。夕陽《ゆうひ》が水面《みなも》を朱《しゅ》に染めている。風が草木をゆらしながら、花の香《かお》りを運んで来る。

カウラとリリスは、よりそって座り、揺《ゆ》れる水面を見つめていた。

《カウラ、私はあなたの求めるまま、本来の姿から、星天使へと変わって来ました。求められるまま、その力を使いました。なんの考えもなしに……。けれど今、私は思いだしたのです。ナツメの心に触《ふ》れて——、あの時の思い出が、どんなに、私にとって、大切だったかを。それを汚《けが》したくはありません》

《許さん。我は許さん。おまえがどんなに反対しようと、我は新たな未来を……》

《カウラ、あなたの望む未来は来ません。状況《じょうきょう》はすでに変わっています。あなたが、この場所に来ている間に……。さあ、よく見るのです》

また、まわりの景色が変わる。

今度は中心球の通路の中だった。前方に、丈斗が撃《う》ち抜《ぬ》いたバウマン扉《とびら》が見える。開かれた扉の前で、立ったまま、うなだれているルヨンの姿——。

反対側に目をやると、通路の中央にダリオが倒《たお》れていた。いつのまにか部屋を出て、そこまで這《は》い進んで来たのである。

モップで描《えが》いたような血の跡《あと》が、通路の奥からダリオの身体《からだ》の下まで、長く延びていた。

ダリオは右手に魔《ま》法円《ほうえん》照射用のライトを手にしていた。

《なにをした？　この女はなにをしたのだ？》

脅《おび》えたように怒鳴《どな》るカウラに応《こた》えて、景色が中心球の外へ変わる。

それは、空間を超《こ》えてあらゆる場所に意識を飛ばすことのできるリリスの能力によって、見せられている映像である。

開かれたバウマン扉の先にあるシールド結界。その透明《とうめい》な表面に、ダリオが通路から照射した魔法円が描きこまれていた。

しかし、通常の魔法円ではない。描かれているエノク文字が多すぎる。

それは、中心球がカウラによって掌握《しょうあく》されていることを綴《つづ》ったメッセージだった。

《くっ！》

怒《いか》りに震《ふる》えるカウラの波長に、丈斗の意識までもが激しく揺さぶられた。

景色が、目まぐるしく変わりだした。

ダリオのメッセージを読んだ観測官。その報告を受けるベロルの上層部。カウラ討伐《とうばつ》のために小型戦艦《せんかん》が七隻《せき》用意された。

艦隊はすでに、こちらにむかって動きだしている。およそ五分後に、ワームホールを抜けて、デオドアに到着《とうちゃく》するだろう。

メラ軍への連絡《れんらく》はない。カウラだけを討伐し、リカーラにはそのまま日本を攻撃《こうげき》させるつもりなのだ。

それですべて、ベロルの思惑《おもわく》どおりにことが運ぶ。

《まもなく、この中心球は攻撃を受けます。あなたの望む未来は、もう来ないのです、カウラ……》

《謀《はか》ったなリリス！　我を意識の世界に引きつけ、あの女の行動を隠《かく》したな！》

《カウラ、どうか慈悲の心を、思いだしてください》

《許さん！　我は許さん！　望みが叶《かな》わなくとも、我の身が消されようと、リカーラの力で日本国を消滅《しょうめつ》させる。メラ星へも、我の怒りを、撃ちこんでやる！》

《カウラ……、私はこのまま、ナツメと同化し、意識の中へ消えます》

《なぜだ？》

《私は望んで、ナツメと同化したのです。ナツメの丈斗を想う心——。その思い出を守ろうとする心——。私は同化し、さらに知りました。そして目覚めました。私にとって、なにが一番、大切なのかを。私は私の望む未来へゆきます》

《やめてくれリリス！　おまえがナツメの中へ消えるというなら、我は撃つ。容赦《ようしゃ》なく、おまえを撃つぞ。日本国の民《たみ》と共に、あとかたもなく……》

《カウラ、私は消えます。あなたとの、大切な思い出を胸に。それを、汚さないために。それ

を守るために……》

《リス、よせ！》

目映《まばゆ》い光とともに、景色が消えた。

白くなにもない空間に、丈斗は立っていた。

すぐ横に、頭を抱《かか》えてうずくまっているカウラの姿がある。

リリスの姿もナツメの姿も、どこにもない。

《アマタケ、我を撃て。望みはすべて消えた。もはや、存在する価値はない。アマタケ、我を撃て。日本国はナツメと同化したリリスと共に消滅するが、我をここで撃てば、次の攻撃はない。さあ、我を撃て。撃たねば、リカーラが、我の怒りを力に変える。多くの民が死ぬ。意味もなく……》

丈斗は右手にエレメントを溜《た》めて、カウラにむけた。軽い一撃だが、抵抗《ていこう》しないカウラを消滅させることはたやすい。

だがそれで、日本の消滅が確実となり、メラ星の侵攻《しんこう》もはじまる。

そして丈斗は、永遠にナツメを失う。

「聞いてくれカウラ。もし、俺があんたと同じ立場だったら、きっと同じことをしたと思う。ナツメを助けるために……」

《交渉《こうしょう》は無駄《むだ》だ。もはや、おまえにできることはない。撃て。我の気が変わらぬうちに》

「俺はあんたで、あんたは俺だ。リリスがナツメに同化したように、あんたも俺の中に同化すればいい。できるんだろ？　そうすれば、俺がナツメを抱き締《だし》めた時、あんたはリリスを抱き締めたことになるんじゃないのか？」

カウラが顔をあげた。驚愕《きょうがく》の表情で、じっと丈斗を見つめてから、笑いだす。

《我がおまえに同化する？　それがどんなことか、おまえはわかっていない。我はリリスを助けるため、星天使となるため、この一億という年月の中で、様々な重い因縁《いんねん》を背負ったのだ。我が同化すれば、おまえはそのすべてを背負うことになる。それでも、構わないというのか？》

「そのくらい、たいしたことないさ。それでナツメを助けられるなら」

《本気なのか？》

「ああ……」

《いいだろう。我のすべてをおまえにやろう。我はおまえに同化し、リリスと同じように意識の中へ消えよう。リカーラの攻撃も止めよう》

「ありがとう」

《だが、時間がいる。我が攻撃中止のエレメントを、デオドアを使ってリカーラへ放つ。それを受けたリカーラが、確認《かくにん》のエレメントを返す。それに我が答え、リカーラははじめて攻撃を中止するのだ。ワームホール内とはいえ、やりとりには時間がかかる。十分、いや十五分はか

かるだろう》
しかし、ベロルが用意した七隻の小型戦艦は、五分後にはもう、丈斗たちのいる中心球を攻撃する。
攻撃に対し、中心球は二分と保《も》たない。
《守りきれるか？　我とこの中心球を。あと十数分だけ……》
「やってみせる！　必ず！」
《では、持ってゆけ。我のすべてを――》
カウラの姿が光と魂《たましい》に変わり、丈斗の目の前へ浮《う》かぶ。
丈斗はそれを、すばやく右手で吸いこんだ。

第六章　ガーレインの光

1

丈斗は目を開ける。右腕《みぎうで》が震《ふる》えている。

中心球の『神の座』を模倣《もほう》した舞台《ぶたい》の上だった。カウラの姿はなく、リリスも堅《かた》い木の状態のままである。

ナツメの声も、もう流れて来ない。

—《行け！　アマタケ》—

頭の中でカウラの声が響《ひび》いた。

とたんに、中心球のいたるところにある監視《かんし》カメラが、自分の目になったかのように、その映像が頭の中に入って来た。

カウラの力である。システムの中枢《ちゅうすう》を人工精霊《エレメンタル》のように操《あやつ》っているのだ。

そして同じように、カウラの力によって丈斗は、ルヨンをも動かすことができるようになっていた。

丈斗は走りだしながら、ルヨンにエレメントの《声》を光速に近い速さで飛ばした。

《ルヨン！　手を貸してくれ》

手短な状況《じようきよう》説明を含《ふく》めたエレメントである。ルヨンはすばやくそれを把握《はあく》して、返答をよこした。

《光栄です、アマタケさん！　いっしょに戦いましょう》

《ルヨン、ダリオの容態を見てくれ》

―《助けるのか、そんな女を？　我々をこんな状況に追いこんだ女だぞ？》―

カウラが嫌悪《けんお》を示す。

(俺の好きにさせてくれ。命を無駄にしたくない)

監視カメラに、ダリオの容態をみるルヨンの姿が映る。

《ずいぶん無理をしたみたいです。出血多量で、すでに息がありません》

《助けられないのか？》

《頭が無事ですから、すぐに医療《いりよう》機関へ渡《わた》せば、蘇生《そせい》できます》

《処置を頼《たの》む》

うなずいたルヨンは、カマをふるい、ダリオの首を胴体《どうたい》から切り離《はな》した。それを小さな結界で包みこむ。

丈斗は走りながら通信機を取りだした。そして、シールド結界の強化を解き、外との通信を可能にする。

デオドアの第一チューブや第二チューブからの映像が、システムを通して丈斗の頭の中に流れこんできた。

第一チューブにはすでに人の気配がない。第二チューブの方も、ほとんどが緊急避難《きんきゅうひなん》用のボートで脱出《だっしゅつ》してしまっている。残っている十数人も、脱出を急いでいた。

小型戦艦《せんかん》が中心球を攻撃《こうげき》する、その知らせを受けての避難命令である。中心球は、通常のエレメントミサイルでは破壊《はかい》できない。大規模な砲撃《ほうげき》になるのが確実である。チューブの被害がどれほどになるか予測もつかない。

丈斗は通信機のスイッチを入れて呼んだ。

「九堂さん、聞こえるか？」

『雨神さん！』

その九堂の背後から『生きてたー！』『先輩《せんぱい》！』と絶叫《ぜっきょう》するサヤと五郎八の声が響く。

「説明はあとだ。この中心球を守りたい。それで地球への攻撃が阻止《そし》できる。手を貸してくれ」

『わかりました。で、なにを？』

「まず艦隊の位置と、その性能が知りたい」

『データはすでにこちらにあります』

「九堂さんたちは、今どこにいるんだ？」

『第二チューブの第二十七脱出用格納庫の中です』

監視カメラのコードが抜《ぬ》かれ、映像の来ない格納庫がある。九堂たちが隠《かく》れるためにしたらしい。

「監視カメラをもとに戻《もど》してくれ。それから、そこの端末《たんまつ》から、こっちのシステムに情報を頼む」

バウマン扉《とびら》のある通路へ走りこんで来た丈斗へむかって、ルヨンがエレメントカートリッジのホルダーを投げる。

受け取って装着し、丈斗はカートリッジを続けざまに割った。

右手に溜《た》めこめるエレメントの量があきらかに、増えている。

—《気をつけるがいい。おまえの攻撃能力は、我の力によって桁《けた》ちがいに増幅《ぞうふく》されている。同じ要領《りようかい》で撃《う》つと、身体《からだ》がバラバラになるぞ》—

(了解！)

丈斗は開かれたバウマン扉を蹴《け》って、宇宙へと飛んだ。

後ろからルヨンも来る。ダリオの首を持って。

シールド結界の直前で、丈斗は身体を結界で包んだ。宇宙服を纏《まと》うように——。

そして、シールド結界を一瞬《いっしゅん》だけ開き、外へ出る。

そこからはもう、真空、無重力の世界である。

まるで抵抗《ていこう》のない水の中にいるように、つるつると前へ身体が滑《すべ》ってゆく。方向を変えようとして手足をふり回したところで、意味はない。

小さくエレメントを撃って、その反動を利用するしかない。前へ進むにも、同じ方法で後ろを撃つのである。

丈斗はいったんシールド結界の表面へ戻り、身体を固定した。

『雨神さん！　一分後にベロルの艦隊が、ワームホールより出ます。位置はそこから右上に見える、オリオン座に似た星座の付近です』

ウサギルックのサヤが、監視《かんし》カメラにむかって飛び跳《は》ねながらVサインを送っている。

その背後で、ノートパソコンを叩《たた》く九堂と、戦闘《せんとう》準備をしている五郎八の姿が見えた。

丈斗は中心球のシステムへ神経を集中させた。小型戦艦の機種とその性能が、システムを通じて丈斗の頭の中へ流れこんで来る。

二隻《せき》をのぞく五隻が、全長三十メートルの遊撃型エレメンタル戦艦である。機動力はあるが、それほど強大な砲撃能力はない。

残る二隻のうちの一隻が、司令戦艦である。エレメンタル戦艦を操《あやつ》るベロルの妖魔術師《ようまじゅつし》たちを乗せた、全長五十メートルほどの艦《ふね》だ。おそらく、安全なワームホール内にとどまり、そこから指令を出すことになるだろう。

そして最後の一隻、これがエレメンタル型の砲撃戦闘艦である。全長三百メートル。もはや小型戦艦とは言えない大きさだ。

機動力はないが『神の鉄槌《てっつい》』と呼ばれる巨大《きょだい》なエレメント砲を備えている。メル星の正規軍でも、この砲を備えた艦は五隻しかない。

おそらく一撃で、中心球は破壊されるだろう。

―《どうするのだアマタケ？》―

（リカーラからの返答は？）

―《まだない》―

『どう戦いますか？』

九堂からも同じ質問を受ける。

「結界で中心球を覆《おお》っても、どうにか一撃めが防げるだけだ。二撃めでやられる。……先に撃とう。ワームホールから出たところを、砲撃艦だけを狙《ねら》って撃つ」

『距離《きより》が遠すぎます！』

九堂の言葉を、丈斗は自信を持って否定した。

「いや、行ける。届く！」

カウラが同意する。

─《保証しよう。だが、当たるとは限らない。外せば、こちらが一撃でやられる》─

「当ててやるさ」

丈斗は次々とエレメントカートリッジを割り、右手に溜めてゆく。

─《身体への負担も大きいぞ》─

丈斗は無言で最後のカートリッジを割り、大量のエレメントの詰《つ》まった右腕《みぎうで》を、宇宙へむけた。

『空間の扉』と呼ばれるワームホールの入り口が、白い雲のような塊《かたまり》となって広がりだす。

『敵艦《てきかん》、ワームホールより出ます。残り五秒。四……、三……、二……』

丈斗は意識を集中し、念じた。

（当たれ！　当たれ！　ナツメ！　俺は絶対に、おまえを死なせない！）

『ゼロ！　出ます！』

広がった白い雲の中に、ぽつぽつと、敵の艦隊があらわれはじめた。最初に小型艦が五隻、そしてその十倍の大きさの砲撃艦《ほうげきかん》──。

狙いを定め、丈斗は放った。

最大級の一撃を──。

2

宇宙が光った。

反動が、シールド結界に丈斗の身体《からだ》をめりこませる。表面がバリバリと、ひび割れてゆく。

放ったエレメントの一撃は、まっすぐ、砲撃艦へと走り——。

直撃した。

敵は、中心球から攻撃《こうげき》を受けることなど、考えていなかったらしい。防御《ぼうぎょ》用の結界も間に合わなかった。

丈斗のエレメントが、砲撃艦の横腹を突《つ》き抜《ぬ》け、巨大な穴があく。急所を貫《つらぬ》いたらしく、内部で激しい連鎖《れんさ》爆発《ばくはつ》がはじまった。

のたうつように、その場でグルグルと回転し、エレメントの光をあたりに散らす。

これで砲撃はなくなった。

だが——。

五隻の小型戦闘艦が来る。

シールド結界を割り、開いているバウマン扉《とびら》から内部に、エレメントミサイルを撃《う》ちこむつもりなのだ。

それで確実に中心球を、内部から破壊《はかい》できる。

『雨神さん、ご無事ですか？』

「ああ、平気だ。右腕が少し痺《しび》れてるけど、まだ撃てる。九堂さん、エレメントが空だ。カートリッジをくれ」

『すでにそちらへむかってます。三十秒ほどで到着《とうちゃく》します』

「敵の方は？」

『九十秒ほどで、敵の攻撃射程内です』

「了解《りょうかい》した」

バラバラに分解しそうな身体に気合をいれ、丈斗は身を起こした。

九堂たちの乗る船が、第二チューブから高速で近づいて来るのが見えた。

「船からカートリッジを投げてくれればいい。そのまま、ここから離《はな》れてくれ」

『わたくしたちでは足手まといと？』

「いや、そうじゃなくて。ひとつ、持って行ってもらいたい物があるんだ」

『なんでしょう？』

「死んだ女の人の首だよ。急げば蘇生《そせい》できる。渡《わた》すから、医療施設《いりょうしせつ》へ運んで欲しいんだ」

『……了解しました。しかし、雨神さんひとりでは……』

「ひとりじゃないさ。ルヨンが仲間になってくれてる。星天使もだ」

『そのようですね。あのエレメントの一撃、人が撃ったとは思えない凄《すさ》まじい威力《いりょく》でした。砲撃艦を一撃で沈《しず》めた男として、語りつがれることでしょう』

九堂たちの船が速度を落としながら、接近してきた。

《ルヨン、頼《たの》む》

丈斗はまだ、身体から痺れが抜け切っていないのだ。

《承知しました》

ダリオの首を抱《かか》えたルヨンが、船へむかって飛ぶ。カマを引っ掛《か》けて船体にとりつく。

宇宙服を着たサヤがハッチを開けた。すばやく、カートリッジの入ったリュックをルヨンに渡《わた》し、ダリオの首を受け取る。

リュックを手にしたルヨンが、船体を蹴《け》って、丈斗のもとへと戻《もど》って来る。

「九堂さん、確かに受け取ったよ」

『では、首を処理したのち、ただちに戻ります。それまで、ご無事で』

丈斗は無理して、船へむかって手をふって見せた。

九堂たちを乗せた船が、速度をあげて遠ざかってゆく。

しだいに迫《せま》って来る五隻《せき》の小型戦艦を睨《にら》み、丈斗はカートリッジを次々と割って、エレメントを右手に溜《た》めてゆく。

《アマタケさん、エレメンタル戦艦の急所は、頭部のアンテナです。そこを撃てば、一時的に

《指令を受けられなくなります》

《じゃあ接近戦だな》

《シールド結界を楯《たて》にして、充分《じゆうぶん》に引きつけましょう》

五隻がいっせいに発砲《はっぽう》を開始した。

丈斗とルヨンはシールド結界の内側に身を置き、結界を強化する。

小型エレメント砲の衝撃《しょうげき》が、次々とシールド結界を叩《たた》く。白い花が次々と開くように、結界の表面に弾痕《だんこん》が咲《さ》きみだれる。

そう長く、保《も》たすことはできない。このまま砲撃が続けば、一分ほどで結界を突破《とっぱ》されてしまうだろう。

速度を落としながら、小型戦艦《せんかん》が丈斗たちの目の前へ迫る。

巨大《きよだい》なイカの妖怪《ようかい》に鎧《よろい》を着せたような姿の、エレメンタル戦艦だった。先端《せんたん》の砲門から、短いエレメントを連続で撃ちだしている。

「行くぞ！」

シールド結界をわずかに開き、丈斗とルヨンが外へ出る。

結界の楯でエレメント砲の攻撃をかわし、シールド結界の表面を走り、丈斗は撃つ。

溜めたエレメントの半分を使う、強力な一撃である。そうでなくては、戦艦を覆《おお》っている結界を破り、沈めることはできない。

――。

丈斗のエレメントが結界を突き抜《つぬ》け、正面から戦艦の頭部に直撃する。その頭部から、白い光を放って、一隻が大破した。

四隻が丈斗を狙《ねら》い、集中砲火を浴びせる。

すばやく、丈斗がシールド結界の内側に逃《のが》れると、ルヨンが離れた位置から援護《えんご》射撃を開始する。

手の中で固めたエレメントの弾《たま》を飛ばす。威力は弱いが、敵の攻撃《こうげき》が丈斗からルヨンへとむけられた。

丈斗は結界を蹴って飛んだ。

一隻の側面へむかって――。

気づいて、丈斗へ艦首をむけようとする。

丈斗は撃《う》った。軽い一撃で、先端にあるアンテナ部分を――。

砲門がむけられるが、発砲はない。操作不能となったのだ。

他の三隻が丈斗へ撃とうとする。

それを阻止《そし》するため、ルヨンが撃つ。

丈斗は後方にエレメントを放って速度をあげ、止まっている一隻の腹へ取り付く。

（カウラ、なんとか操作できないか？　同じエレメンタルだろ？）

—《不可能だ。敵に操作されないよう、内部に結界が張られている。いや、アンテナを握《にぎ》れ、そこから内部へ指令が送れるかもしれない》—

三隻が丈斗とルヨンを無視して、バウマン扉《とびら》の上のシールド結界に集中砲火を開始した。本来の目的を遂行《すいこう》するため、作戦を変えたのだ。

ルヨンがすぐに、三隻の集中攻撃を受けているシールド結界の下へ入り、結界を補強しはじめる。だが、そう長くは保たない。

丈斗は戦艦の側面を走り、頭部のアンテナに手をかけた。

《行ける》

カウラと丈斗が、同時に《声》をあげた。

丈斗を乗せて、エレメンタル戦艦が動きだす。三隻へむかって——。

戦艦の砲門を一隻へむけ、撃つ。

直撃するが、結界に阻《はば》まれて半減し、沈《しず》めることはできない。

頭部のアンテナを狙ってみる。位置が遠すぎて、うまく当たらない。

接近させると、戦艦たちは丈斗へ腹をむけ、アンテナを裏側へ隠《かく》し、撃たせまいとする。

—《アマタケ、戦艦が自己蘇生《そせい》している。まもなく、この艦《ふね》の操作が不能になるぞ》—

頭部の下の方から、新たなアンテナが生えはじめているのだ。その影響《えいきょう》で、砲撃の狙いも大きくずれて来ている。

丈斗は艦の裏側にまわり、生えてきているアンテナを撃とうとした。

一本ではなかった。撃たれることを恐《おそ》れて、無数に生えだしている。

三隻《せき》の集中攻撃によりシールド結界が破れた。

そして砲撃がルヨンを襲《おそ》う。

《ルヨン！》

砲撃を受けきれず、ルヨンの身体《からだ》が中心球へ叩きつけられた。

三隻が、我先にとバウマン扉の前へ急ぐ。

丈斗は先頭の一隻を撃った。

右腕《みぎうで》に残っているすべてのエレメントを使って――。

頭部から光を散らして、一隻が大破する。

残り二隻。

しかし、もうエレメントは無い。

元素が希薄《きはく》なのと同じように、宇宙空間に漂《ただよ》うエレメントは微弱《びじゃく》だ。地上のように、召喚円《しょうかんえん》でエレメントを溜《た》めることはできない。

たとえここが地上だとしても、この敵を倒《たお》すだけのエレメントを溜めるには、時間がかかる。

ルヨンもすでに、動ける状態にない。

丈斗は小さく舌うちしてから、ベルトのケースに手をやった。

（すまない、天轟丸！　おまえの妹の妖魂《ようだま》、使わせてもらうぞ！）

3

妖魂を引き抜き、丈斗は右腕に吸い込む。

パワーアップした丈斗の右腕を満杯《まんぱい》にすることはできなかったが、残った敵を殲滅《せんめつ》するには充分《じゅうぶん》な量だった。

「エウーハ！」

放ったエレメントの光が、軽々と小型戦艦《せんかん》の頭部を撃ち抜く。

残り一隻——。丈斗に撃たれまいと、大きく蛇行《だこう》しながら、バウマン扉へとむかう。

乗っていた戦艦のアンテナを離《はな》し、丈斗は飛んだ。飛びながら、蘇生しかけているその戦艦の、頭部を撃ち抜く。

エレメントの反動が、丈斗をさらに加速させた。

そして、残りの一隻へ接近する。いくら激しく、蛇行しようとも、近づけば確実に撃ち抜ける。

観念したのか、最後の一隻が動きを止めた。

丈斗は撃った。

エレメントが戦艦の側面へ伸《の》びる。

しかし、直撃《ちょくげき》する寸前、戦艦の艦首からエレメントミサイルが放たれていた。バウマン扉の内側へむけて――。

光を散らし、最後の一隻が沈む。

だが、一発のミサイルが、ゆるゆると加速しながら飛んでゆく。

(しまった！)

丈斗は、右腕に残っていたすべてのエレメントを、ミサイルへむけて撃《う》った。

中心球へ戻《もど》るために、残しておいたエレメントである。それほどの威力《いりょく》はない。

(届くか？)

それさえも不安な一撃だった。

エレメントはミサイルの側面を叩《たた》き、弾《はじ》いた。しかし壊《こわ》れない。ミサイルの外側にある結界を壊しただけだ。

自動で弾道《だんどう》を修正し、ふたたびゆるゆると、ミサイルはバウマン扉《とびら》へとむかう。

(くそッ！)

もはや丈斗には、どうすることもできない。宇宙を漂う自分の身体を、中心球へ戻すだけのエレメントもない。

その時――。

『任せてください。雨神さん』

九堂の声が響《ひび》いた。

中心球の裏側から、九堂たちの乗った船があらわれる。――と、同時に先端《せんたん》から放たれたウサギのエレメンタルが、ミサイルへむかって飛んだ。

船に残っていたエレメントをかき集め、どうにか作ったウサギのエレメンタルである。スピードはあるが、武器はなにもない。

『ラ・エウーハ！』

サヤたちが声をあわせて叫《さけ》ぶと、ウサギのエレメンタルは、ミサイルに正面から体当たりをかませ、自爆《じばく》した。

バウマン扉の手前で、ミサイルがウサギのエレメントと共に四散する。

(中心球への影響《えいきょう》は？)

丈斗はシステムを探《さぐ》った。

大きな影響はない。バウマン扉付近の通路が爆風で焦《こ》げ、少しへこんだだけである。

「……終わったのか？」

《まだです！》

ルヨンがそう言って、宇宙を指さした。

《次が来ます。気配を感じます。アマタケさん、すぐに私の側《そば》に来てください》

九堂たちの船が丈斗に近づいて来る。

『新手の敵が呼ばれました。それをお伝えしたくて戻って来たのです。これを見てください』

側に来た船体を蹴《け》って、丈斗は中心球へと飛ぶ。飛びながら、システムに送られて来た九堂からのデータを読んだ。

――新造エレメンタル戦艦『Q』。攻撃力《こうげきりょく》、防御力《ぼうぎょりょく》、特殊《とくしゅ》性能、すべて不明。艦《ふね》の影《かげ》より全長二百メートルと推測。『神の鉄槌《てつつい》』と同等、もしくはそれ以上のエレメント砲《ほう》を装備している可能性高し。――

『ベロルが極秘《ごくひ》で作っていた新造戦艦です。まもなくワームホールを抜けて、ここへ来ます』

「数は？」

『一隻《せき》だけです。しかし、私たちにはもうエレメントが残っていません』

丈斗は中心球の表面に貼《は》り付いているルヨンの横へ立った。

ひとめ見て、ルヨンがもはや戦闘《せんとう》できる状態にないことを丈斗は知った。

『せめてコンバームがあれば、沈《しず》めた戦艦のエレメントを回収できるのですが……』

口惜《くちお》しげに九堂が言う。

軍事用の戦闘エレメンタルは、残骸《ざんがい》が敵に流用されないよう、ガードが掛《か》けられているのだ。

コンバームはそれを可能にする最近開発された戦闘用アイテムである。まだ製造数も少なく、ここにあるはずもない。

「エレメントなら、まだありますよアマタケさん。私です。私の身体《からだ》、すべてをエレメントに変えて撃つのです」

「ルヨン……」

「私はもう、死んでいます。いずれ思考ができない状態になり、他《ほか》のエレメンタルと、同じようになります。気にしないで、私の身体を使って撃ってください」

「嘘《うそ》を言うなよルヨン。思考がまだ消えないうちなら、他の身体に入れて、おまえを助けることができるはずだぞ」

「では、このまま逃《に》げますか？　中心球を捨てて？　日本が消滅《しょうめつ》しますよ」

（カウラ、デオドアを動かしてエレメントを集めることはできないか？）

―《可能だ。だがすぐにはできない。五分から十分はかかる。リカーラとの通信用魔法円《まほうえん》を崩《くず》すことにもなる》―

（リカーラとの通信は後回しにしよう。先に敵を撃ちたい）

―《リカーラの気配を感じる。あと二分ほどで返信が届くはずだが》―

（それでも……）

―《ルヨンを助けたいか？　だが、おまえに撃てるのは、あと一発だけだ。肉体が限界に来ている。その一撃さえ、命の保証はない》―

（それでも……）

―《次の敵が来ないという保証もない》―

『雨神さん！　九十秒後に敵艦《てきかん》がワームホールより出ます。位置は左に見える第二チューブの端《はし》からやや上です』

―《時間切れだ。ルヨンの申し出を受けろ。もはや、そうするしかない。ワームホールから出ると同時に、敵は撃《う》って来る》―

胸の痛みを堪《こら》え、丈斗はルヨンに視線をむけた。

ルヨンは叱《しか》りつけるような口調で、丈斗に言った。

「アマタケさん、あなたはガーレインではないのですか？　ガーレインなら、あなたは人々を救わなくてはならない。さあ、ためらわずに、私の身体を使ってください」

「ルヨン……」

『敵艦、ワームホール離脱《りだつ》まで、およそ八十秒』

九堂が冷静な口調で告げた。

「行ってくれ九堂さん。早く、早くここから離《はな》れてくれ」

九堂のマイクを奪《うば》って、五郎八が叫んだ。

『雨神先輩《せんぱい》！　なにかまだ、私たちにできることがあるはずです。お願いです。いっしょに戦わせてください！』

「戦いはこれで終わりじゃない。ここで無駄《むだ》に死ぬことなんてないんだ。行ってくれ。もし、俺が死ぬようなことがあったら……、その時は、あとのことを頼《たの》む」

『先輩……』

「行ってくれ！　早く！　九堂さん！」

船が速度をあげて、中心球から離れてゆく。

『了解《りようかい》しました。カートリッジを積んで、すぐに戻《もど》ります。それまで、どうか……』

『コラ、アマタケ！　生きて帰れよ！　死んだらゆるさないぞ。もし、生きて帰れたなら……』

サヤの声が涙《なみだ》に震《ふる》える。

「生きて帰れたらなんだよ？　言っとくが、スマタもサルマタもいらねえぞ」

と丈斗は、無理に軽口を叩《たた》いてみせる。

それにサヤも調子をあわせた。いつものように——。

『よーし。無事に戻れたら、妖魔術《ようまじゆつ》クラブの会則第一条を撤廃《てつぱい》しちゃうぞ』

「よし乗った！　絶対、帰ってやる。俺専用のウサ耳、焼却炉《しようきやくろ》で燃やしてやるぞ！」

通話が切れた。電波の届かない距離《きより》まで、船が遠ざかったのである。

宇宙の一角に白い雲があらわれはじめた。

ワームホールの出入り口である。

「アマタケさん、早く！」

「……ルヨン……。すまない……」

丈斗は左手をルヨンへかざした。

吸いこむと同時に、ルヨンの思考が丈斗の中へ流れこんで来た。

《光栄ですアマタケさん。私はとてもうれしい。これでもう、私は、誰《だれ》も殺さない。死んだ両親に会いにゆける。私のエレメントで、多くの人々が救えたなら、許してくれるかもしれません。神様も、私が殺した人々も……。

ああ、アマタケさん、あなたの中に光が見える。ガーレインの光だ……。とても大きくて、淡《あわ》く優《やさ》しい光だ……。まるで大光夜《ラパーヤン》の月のような、丸くて綺麗《きれい》な……》

丈斗の中でルヨンの意識が消える。

（ルヨン……）

右手をワームホールの入り口へむけると、その中に艦影《かんえい》がひとつ、あらわれはじめた。

─《来た。リカーラから返信だ。これで日本国への攻撃《こうげき》は止まる》─

砲門《ほうもん》をむけた敵艦の姿が、しだいに鮮明《せんめい》になってゆく。あきらかに結界で防御《ぼうぎょ》している。出ると共に撃つつもりらしく、艦首の砲門が中心球にむいている。

丈斗は狙《ねら》いを定めた。ルヨンの命、無駄にするわけにはいかない。

─《アマタケ、リカーラへの次の指示をどうする？》─

ここへ呼んだところで、もはや間に合わない。

(五郎八たちを守るように伝えてくれ)

─《了解した》─

新造戦艦がワームホールより出た。

丈斗は撃った。

すべてのエレメントを込めた、最大級の一撃を──。

同時に、リカーラへの指示がデオドアから飛ぶ。

4

衝撃《しょうげき》に丈斗の意識が飛んだ。

─《アマタケ!》─

激しく揺《ゆ》さぶられるような、カウラの叫《さけ》びで丈斗は意識を取り戻す。三十秒ほどが経過していた。

目を開け、丈斗は敵の新造戦艦を見た。

ワームホールの出口を離れた新造戦艦が、まっすぐ、こちらへむかって迫《せま》っている。

(外したのか?)

─《いや、ちがう》─

丈斗のエレメントは敵の結界を破り、新造戦艦の中心部を突《つ》き抜《ぬ》けていた。

様々な色の光が、艦《ふね》の内部で激しく飛び散り、渦巻《うずま》いている。船内で連鎖《れんさ》爆発《ばくはつ》がくり返されているのだ。

もはや、艦を操作することも、エレメント砲を撃《う》つこともできない。

狂《くる》った、巨大《きょだい》なエレメントの固まりと化している。たったひとつ、最後に与《あた》えられた任務を遂行《すいこう》しようと、突き進んで来る。

—《アマタケ、逃《に》げろ。中心球に艦を体当たりさせるつもりだ。リカーラへの指令は完了した。我々の勝ちだ。逃げろ！》—

丈斗は身を起こそうとした。

動かない。

衝撃によってたわんだ中心球の表面に、身体《からだ》を貼《は》り付かせたまま、丈斗は動くことができなかった。

骨が、筋肉が、神経が、内部で細かくバラバラになっているような感じがする。

限度いっぱいのエレメントを二回も放ったことにより、丈斗の肉体がその限界を超《こ》えたのである。

「ダメだ、身体が動かない……」

丈斗は中心球のシステムを操作し、重力装置を切った。

身体が微《かす》かに浮《う》く。

―《急げ！　急げアタマケ！》―

丈斗は指先で表面を掻《か》き、バウマン扉《とびら》の方へ動いた。黒く焼け焦《こ》げた入り口の前で再び重力装置を入れ、どうにか焼け焦げた通路へ身体を押しこむ。

それがやっとだった。

通路に倒《たお》れたまま、丈斗は動くことができない。

―《残り一分だ。戦艦がこの中心球を包むぞ。そうなれば、三十秒と保《も》たずに押しつぶされる。逃げろ！》―

中心球を飲みこんだ新造戦艦の爆発《ばくはつ》は、広範囲《こうはんい》に広がり、デオドアを完全に破壊《はかい》しつくすだろう。

緊急用《きんきゆう》の脱出《だっしゅつ》ボートを使えば、辛《かろ》うじてその衝撃の外へ逃げきれるはずである。

（ボートは？　どこだ？）

丈斗は中心球のシステムを操作し、脱出ボートの位置を探《さぐ》った。

人を入れないことを前提にしているため、一隻《せき》しかない。

そのボートは、バウマン扉のすぐ横にあった。丈斗の倒れている通路の横の壁《かべ》の中である。

―《そこを退《ど》け！　ボートを出すぞ》―

通路がまた無重力になる。

丈斗は力をふりしぼって床《ゆか》を掻き、身体を退かす。

微かな破裂音《はれつおん》を響《ひび》かせて、壁が開いた。脱出ボートが通路に押し出されて来る。

しかしそれは——。

黒く焼け焦げたボートだった。コクピットの風防《キャノピー》が無残に割れており、亀裂《きれつ》のあるエンジン部からは、燃料が噴《ふ》き出している。

エレメント戦艦の放ったミサイルの影響《えいきょう》だった。通路を焦がすと同時に、壁の内部に収まっていた脱出ボートを押しつぶしていたのである。

とても使い物にならない。

中心球のシステムコンピュータが、作業室での修復を提案する。予備の部品はそろっているという。三十分から四十五分ほどの短時間で直せると、意味のない計算をだす。

——これまでである。丈斗にはもう、どうすることもできない。

丈斗は大きく息をついた。

—《どうしたのだアマタケ？　これで終わりか？　もう、どうにもならないのか？》—

「……すまないカウラ。そうらしい……」

そう言って、丈斗は静かに目を閉じた。

（ナツメ……、ごめんな。俺、どうやら……、おまえのところにはもう、帰れそうにもない……）

——やがて、丸いエレメントのボールと化した新造戦艦だった物が、中心球を包みはじめた。

5

ワームホールを出る直前で、星天使リカーラの姿が艦隊の中央から消えた。

創世紀軍は要《かなめ》の攻撃力《こうげきりょく》を失い、混乱した。

小型戦艦だけでは、とても地球を屈伏《くっぷく》させるだけの力はない。侵攻《しんこう》は中止か、それともこのまま無理な攻撃をするのか、——将校たちの間で議論が割れた。

総司令ゾロズのもとには、ベロルよりすでに撤退《てったい》の指示が届いていた。

当初の任務が遂行できない以上、地球への攻撃は金の無駄遣《むだづか》いに過ぎないという、簡単な理由である。

しかし、裏でベロルが糸を引いていることを知らない将校たちに、そのまま伝えるわけにはいかない。

「ここは涙《なみだ》を飲んで堪《こら》えてくれ。すでに次の作戦が始動しているのだ」

そんな嘘《うそ》を頭の中で練りながら、ゾロズは将校たちの前にでた。

将校のひとりがゾロズに銃口《じゅうこう》をむけて、涙声で言った。

「こんな物が届いてます」

ベロルとゾロズの関係を示す告発文である。

将校たちの決起が、ベロルの謀略《ぼうりゃく》のひとつであることも、克明《こくめい》に書かれていた。

署名は国家安全審議《しんぎ》会委員《かい》、アルフィーナとなっている。霧山遊子の本名である。

「こんな怪文書《かいぶんしょ》、真に受けてどうする?」

「では、自室の通信記録を調べさせてください。それでベロルとの関係がないことが、証明できます」

顔色を変えたゾロズが、声をうわずらせて一喝《いっかつ》した。

「ゆ、許さん! 上官を疑うとは、なにごとだ! おまえたちは黙《だま》って、私の指示に従えばいいのだ!」

ゾロズの背後にそっと副官が近づき、銃弾《じゅうだん》を両方の足へ一発ずつ撃《う》ちこんだ。

「手間をかけさせるなゾロズ!」

足を押さえて崩《くず》れたゾロズを、将校たちが銃口をむけて取り囲んだ。

その後——、創世紀軍はメラ軍へ投降し、ゾロズとベロルの謀略であることを証言したという。

しかし、その真相が公《おおやけ》になることはなかった。ベロルと関係の深い軍部が、証拠《しょうこ》不十分として、将校たちの証言を闇《やみ》に葬《ほうむ》ったためである。

6

中心球から遠く離《はな》れたメラ星の上空で、九堂たちの船は、ベロルの雇《やと》った殺し屋たちの船に囲まれた。

多額の報償金《ほうしょうきん》が懸《か》けられたのである。

九堂たちに武器はない。それどころか、結界を作るエレメントさえない。

メラ星から漂《ただよ》って来るエレメントを必死にかき集めてみるが、とても役に立ちそうにない。

嫌《いや》らしげな男たちの顔がスクリーンに映され『おとなしく投降すれば、命だけは助けてやるぞ』と下卑《げび》た笑い声をあげて告げた。

「わかりました」

と九堂は了承《りょうしょう》し、船を近づけてから、一気に加速させた。

流れ弾《だま》を恐《おそ》れて迂闊《うかつ》に撃てないよう、船団の中央を突破《とっぱ》し、逃《に》げる。

数発の被弾《ひだん》は覚悟《かくご》したのだが、まるで当たらない。

「なんか、結界があるみたいです」

「ウピョーン、なんで？　どういうこと？」

「五郎八さん、なにがあるのか、後方の窓から外を確認《かくにん》してください」

ってていた。


「はい」

と返事をして、五郎八がふりむくと、黒いマントに身を包んだ、長い髪《かみ》の男が青白い顔で立っていた。

「誰《だれ》？　ですか？」

「おまえが五郎八か？」

「はい……、そうですけど」

男は、空間に光る巻紙を広げ、五郎八へむけた。

「私の名はリカーラ。黒き光の神。おまえを守るよう、カウラより指示を受けた。ここへサインを入れろ」

「船を守ってくれているのは、あなたなんですね！」

言いながら五郎八は、指先にエレメントを溜《た》めて、契約書《けいやくしょ》らしきものにサインを入れた。

星天使の間だけで通用する文字である。内容はまるでわからない。

「船を守っているのではない。おまえを守っているのだ」

「私……、だけですか？」

「そうだ。私はおまえの命を守る。全能力を使って。それだけだ。闘《たたか》いにも参加しない。他の命令も受け付けない。この契約は、おまえが純潔を失うまで有効だ。以上」

リカーラの姿が消えてゆく。

「ちょっと待ってくださいリカーラさん。どうして、私だけなんですか？」

返事はない。

丈斗の「五郎八たちを守れ」という指示を、カウラが「五郎八を守れ」と伝えまちがえたのかもしれない。もしくはリカーラが、三人全員を守るのが面倒《めんどう》で、わざと聞きまちがえたふりをした可能性も高い。

いずれにしろ契約はなされた。もう変更《へんこう》は効かない。

リカーラの力によって、敵の攻撃《こうげき》が回避《かいひ》されることを知った九堂は、

「わたくしたちを撃ち落とすなど、おまえたちのようなゲスどもには、百万年かかっても無理です。力の差を思い知りなさい！」

と、殺し屋たちを怒鳴《どな》りつけ、悠々《ゆうゆう》と船首をメラ星へとむけた。

怒《いか》り狂《くる》った船団から一斉砲火《いっせいほうか》が浴びせられるが、星天使の結界は少しも揺《ゆ》るがない。鉄の壁《かべ》に水をかけているようなものである。

そしてリカーラの出現は、地球攻撃が無事に回避された証《あかし》でもあった。

三人は安堵《あんど》の表情を浮《う》かべた。あとは燃料とエレメントを積んで、丈斗を迎《むか》えにゆくだけである。

——三人はそう思った。

それからおよそ五分後、霧山の口から、中心球の消滅《しょうめつ》とデオドアの崩壊《ほうかい》を、聞かされるとも

知らず――。

7

「遅《おそ》いぞモーギ！」

邪鬼《じゃき》の群れから弾丸のように襲《おそ》い来る数匹《ひき》を斬《き》り捨てながら、遊天童子が怒鳴った。

息を切らせながら「すまん！」と答え、モーギたち妖怪《ようかい》の一団が、遊天童子と月華に加勢する。

すでに万の数に達した邪鬼の大群が、黒雲のようにナツメの家の上空を覆《おお》い、渦巻《うずま》いていた。

もはや遊天童子と月華だけでは、退治しきれない数である。

一斉に襲いかかられていたなら、どうすることもできなかっただろう。

それをさせなかったのは、ふたりの放つ強い気迫《きはく》だった。

「それで遊天、これはいったいなんだ？　なにが起こっているのだ？」

「星天使リリスの放つ不安定な妖気が、邪鬼たちを呼んでいる。どうやらリリスは、ナツメと融合《ゆうごう》しようとしているらしい」

「星天使と融合？　さっぱりわからん」

「ともかく、結界を張って、邪鬼たちをナツメに近づけさせるな」

「わかった！」

モーギたちにその場を任せ、遊天童子は急いで、死体のように横たわるナツメの側《そば》へ戻《もど》った。

ナツメの体内から出るリリスの妖気が、急速に安定しはじめている。

遊天童子は知った。ナツメとリリスの融合が最終段階に来たことを。

それは、ナツメとリリスの双方《そうほう》が、融合に同意した証でもある。

「ナツメ、おまえはそれでいいのか？」

返答を期待せずに、遊天童子はそっと、そう問いかけてみた。

すると、ナツメの胸元《むなもと》からエレメントの《声》が溢《あふ》れ出て来た。ナツメとリリス、ふたりの入り交じった《声》である。

《はい》《はい》《私たちの望みは同じ》《ただ……》《ただ……》

《愛する人を助けたいだけ――》

少しの迷いもない、力強い返答だった。

《遊天さん……》《手を》《力を》《貸してください》

「なんだ？　なにをすればいい。必要なら、この命、くれてやってもいいぞ！　それで丈斗が助けられるなら……」

ふたりの《声》は返答に窮《きゅう》したように少し沈黙《ちんもく》した。

そして――。

《呼びかけてください》《丈斗くんに……》《それだけ……》《祈《いの》ってください》《丈斗くんが戻ることを……》《強く》《今はそれだけ》《あとはもう……》《ただ……》《天運――》

それを聞いて、遊天童子はにやりと笑う。

「なら心配ない。丈斗の強運は保証されている。ビリケンという名の幸福の神に」

8

――《ダメだ！　こんなところで、おまえに死んでもらっては困る。我との約束を守れ。立て！》――

丈斗の身体《からだ》が通路の奥へと落ちるように進んでゆく。

カウラが重力装置を反転させたのである。

（どこへ、行くつもりだ。もう、どこにも……）

背後から衝撃《しょうげき》が来た。

エレメントの固まりが中心球を包んだのである。バウマン扉《とびら》から入りこんだエレメントの固まりが、通路を破壊《はかい》しながら流れこんで来る。

まるで溶岩《ようがん》のように――。

数枚の隔壁《かくへき》が降りてそれを防ぐが、薄《うす》い紙のように、すぐに溶《と》けだしてしまう。
—《奥だ！　奥へ行け！　おまえには聞こえないのか？　おまえを呼ぶあの声が！》—
丈斗の身体が壁《かべ》へ叩《たた》きつけられる。その反動を利用するかのように、カウラは重力を操作し、次の通路へと投げこむ。
中心球の奥へ、奥へ——。
《丈斗くん！》
ナツメのエレメントである。
丈斗のもとへ飛んで来る。ひとつ、ふたつ、三つ——。
《丈斗くん！》《丈斗くん！》《丈斗くん！》
光る雪のように、丈斗の身体へ降り注ぐ。
《ナツメ！》
丈斗はナツメのエレメントを、ひとつずつ自分の中へ入れ、体力へ変える。かすかに、右手の先だけが動かせるようになった。
《丈斗くん！》《丈斗くん！》《生きて！》《丈斗くん！》《来て！》《丈斗くん！》《こっち！》《早く！》《丈斗くん！》《丈斗くん！》《丈斗くん！》《生きて！》《生きて！》《生きて！》
カウラが重力装置を止め、通路をまた無重力状態にした。
丈斗は右手を動かし、壁を掻《か》き、ナツメのエレメントが来る方角を目指した。

中心球の中央である。

『神の座』を模倣《もほう》した円形の舞台《ぶたい》の上へ――。

ナツメのエレメントは、リリスの木の腹の中から、とめどもなく溢れ出ていた。

ナツメだけではない。

《丈斗！》《死ぬな！》《アマタケさん！》《アマタケ様！》《タケちゃん！》《アマタケ！》

《しっかりしろ》《丈斗！》《丈斗さん》《来い！》《戻《もど》って来い！》《アマタケ！》

遊天童子、月華、モーギ、ミョウラ……。地球にいる妖怪《ようかい》たちの《声》が、ナツメの《声》と共に、リリスの腹の傷から溢れ出して来る。

丈斗は無重力の空中を進んだ。

舞台の上へ――。

丈斗を呼ぶ《声》へ――。

背後からエレメントの流れが壁を溶かして迫《せま》っている。

「ナツメ……」

「丈斗くん！」

ナツメの声が聞こえた。はっきりと聞こえた。エレメントの《声》ではない。

リリスの腹の傷からである。

右手を伸《の》ばし、丈斗は近づいた。

ふいに、像のように動かなかったリリスが、目を開けた。両手を降ろし、自分の腹の傷を、大きく、左右に開いて見せる。

その中から、ナツメの手が伸びた。そしてしっかりと、丈斗の手をつかむ。

「丈斗くん、早く！」

引き寄せられ、丈斗は固く抱《だ》き締《し》められた。ナツメの腕《うで》の中に――。

身体が落ちてゆく。リリスの腹の中へ――。

白い空間だった。何もない。

「よかった丈斗くん、もうだいじょうぶだから……。もう……」

「ナツメ……」

抱き合ったまま、ふたりの身体が落ちてゆく。どこか、深い場所を目指して――。

―《リリス、我を騙《だま》したな。物体を移動させる、こんな能力があることなど、おまえは我に一言も……》―

―《次の能力に目覚めただけです。これもすべて、ナツメの力……。心の力……》―

カウラとリリスの話し声が、しだいに遠ざかってゆく。

丈斗とナツメの内部へ融合《ゆうごう》し、消えはじめたのである。感謝の念だけを込めた、エレメントを一粒《ひとつぶ》だけ、ふたりに残して――。

(助かった？　夢か？　いや、ちがう……。本物だ。本物のナツメの匂《にお》いだ……。本物のナツ

メの温《ぬく》もりだ。ナツメがここにいる……、俺の腕の中に……）
丈斗は最後の力をふり絞《しぼ》って、ナツメの身体を、きつく抱き返した。

終章

夕暮れ刻《どき》だった。街のどこか遠くの方から、聞いたことのあるような携帯《けいたい》の着信メロディーが聞こえて来た。

「あれ？　この曲なんだったっけ？」

「うん、聞いたことあるね」

ふたりの女子中学生は、ふらふらとその曲の聞こえる方角へと歩みだした。

妖怪の奏《かな》でる音色である。

以前もその音色に誘《さそ》われて、そのふたりの女子中学生は、大ガマの腹の中で消化されかけていた。しかし、その時のことをまったく記憶《きおく》していない。

最近なんだか肌《はだ》が荒《あ》れる、と思ったくらいである。

ふたりは前と同じ、空き地へと誘いこまれた。

しかし、そこで音色はやむ。

なにも起こらない。

「あれ？　気のせいかな？」

「うん、気のせいだったかも」

ふたりは来た道を引き返してゆく。すぐに聞いた曲のことなど忘れてしまいながら――。

そんなふたりの足元をすり抜《ぬ》けて、フェレット鬼《おに》のシロが、空き地へ駆《か》けこんだ。

「よし。人食いはやってないみたいだな。よろこべ大ガマ。天轟丸から正式に、蒼々山へ戻ることが許されたぞ」

そう声をかけると、奥の林の中から、小さなガマが次々と顔を出した。大ガマの子供たちである。十五匹《ひき》ほどいる。

「誰《だれ》」「どなた？」「母ちゃんはるすです」「出かけてます」「まだ帰りません」「甘い、お菓子《かし》をたくさん残して、お出かけです」「もうすぐ無くなるよ、お菓子」「皆《みんな》で食べてるから」

ワイワイと一斉《いっせい》に話しかけてくる。

「そうか……」

フェレット鬼のシロは大ガマが子供を残して死んだことを知った。死んでエレメントの固まりを、餌《えさ》として子供たちへ差しだしたのである。

子供たちは母親のエレメントとも知らず、それを食べて成長した。残酷《ざんこく》なようだが、このようにして大ガマたちの世代交代が行われる。

そして十五匹いるガマの子も、生き延びて子を生むのは、そのうちの一、二匹にすぎない。

シロは夕日の沈《しず》む方角を指さして子ガマたちへ言った。

「聞け！　おまえたちは、あっちの方角にある蒼々山という山へ行くんだ。おまえたちの母親が生まれた場所だ。そこで暮らせ」

「お母ちゃんもそこにいるんですか？」「いるんですか？」「会えるんですか？」「会えるの？」「いるんですか？」「どうなんですか？」

シロは言った。

「仲間がいる。食べ物もたくさんある。少し遠いけど、がんばって行け。僕は連れて行ってやれないぞ。これから、とても大事な任務があるんだから」

「はい」「わかりました」「がんばります」「がんばって行ってみます」「行きます」

「いいか。どんなにお腹《なか》が空《す》いても、人を食っちゃダメだぞ。怖《こわ》い妖怪《ようかい》に出会ったら、アマタケ様と唱えろ。アマ連のシロの友達だと言え。それで、なんとかなる」

「アマタケ様？」「アマ連？」「アマタケ様？」「シロ？」

「早く行け！　雨が降って来るぞ」

「雨は平気です」「ガマですから」「小さくてもガマですから」「でも、早くは行けません」

「小さいですから」「たくさん跳《と》べません」「小さいですから」

ひょこひょこと林から跳び出て、子ガマたちが山へとむかう。

母親に教えてもらった曲を、長い舌で奏でながら――。

シロはそれを見届けてから、紅椿学園の方角へ視線をむけた。

(さて……、行くか。アマタケ様を守る大事な任務だ……。僕に、うまくできるか？)

ポツリ――、と空から滴《しずく》がおりて来た。

背負ったヌイグルミのユウが濡《ぬ》れないよう、ビニールのシートをかぶり、シロは駆けだした。

放課後退魔録　完結

あとがき

さて、あとがきである。毎回毎回、作者が登場人物たちに殴《なぐ》られ、紙面を乗っ取られるという展開、いいかげんにしてもらいたいものである。あきらかに、作者としての威厳《いげん》が無さ過ぎだ。作者と言えば、この世界における「全能の神」といえる存在のはず。くわえて「この作者は、まっとうなあとがきが書けないのではないのか？」と疑われてしまう。

そこで今回は、強力な結界で部屋を覆《おお》ってみた。これで娘《むすめ》どもの襲撃《しゅうげき》はない。あとがき六ページを、私、作者ひとりで埋《う》めてみせよう。内容は、『放課後退魔録』の制作秘話である。

スニーカー編集部のN様から最初にお声をかけて頂いたのは、あれは確か一巻めの『ロストガール』が出る数年ほど前だった。その時の私は、日々の食事にも困るほど貧窮《ひんきゅう》しており、野ネズミやカエル、木の根などを主食としていた。家も無く、木の下で土を被《かぶ》って寝《ね》ていた。この場合、土はよく乾燥《かんそう》させたものが最適である。水分が多いと、逆に体温を奪《うば》われてしまう。

ちまたのホームレスのように、コンビニのゴミ箱をあさり、ダンボール被って寝ればよいと思われる読者もあるだろうが、ラノベ作家に許されることではない。ラノベ作家は、落ちているダンボールを拾っただけで「なまいきな！　百万年早い！」と他の作家たちにどやしつけられ、すばやく取りあげられてしまうのだ。昔からSF作家は犬以下の扱いであったが、そのさらに下がラノベ作家なのだ。そのラノベ作家の中にも順位がある。これは単純に本が売れているかどうかだ。これによって接する編集者様の態度も変わる。まず売れない作家を編集者様は人とは認めない。「おいコラ！」「そこの！」とモノとしてあつかう。少し売れると、これが「おまえ！」にかわる。やっと人らしき物として認められた証《あかし》である。さらに売れると「岡本《おかもと》！」と、個人名で呼んでもらえるのだ。さらに爆発的《ばくはつ》に売れ人気作家ともなれば「くん」か「さん」づけとなり、社会人として認知してもらえる。しかし「先生」などと呼ばれることは、どんなに売れてもラノベ作家にはありえない。

ともかく売れなくては「人」ではないのが、この世界だ。しかし、売れる売れないの前に、本を出してもらえなくては話にならない。というわけで、その日、私は餓死《がし》の恐怖《きょうふ》に脅《おび》えながら、他の食えない作家たちと共に、出版社の前をうろついていた。人と認められていないラノベ作家が、許可なく出版社の門を潜《くぐ》ることなど許されることではない。鬼《おに》のように怖《こわ》い警備員に、叩《たた》き出される。それも、木製のバットに無数の釘《くぎ》が打ち付けてある釘バットである。ホームレスや酔《よ》っぱらいが出版社に乱入しても、そんなことはしない。警備員は丁重に応対し外へ押し出すだけだ。しかし、相手が売れない作家とわかったとたんに、釘バットである。容赦《ようしゃ》なくバンバン叩かれる。作家は「頭だけは叩かないで！」と頭を押さえながら逃《に》げ出すしかない。

そこで、売れない作家たちは原稿《げんこう》を抱《かか》え、門の前で編集者様がとおりかかるのを待つのである。出版社に訪《おとず》れた人間が、編集者様かどうかはひと目で区別がつく。なぜなら、背広の背にデカデカと社名が入っているからだ。角川書店の場合は、左右の胸に鳳凰《ほうおう》のマークがあり、背中には、まばゆいばかりの金色の刺繍《ししゅう》で大きく「角川書店・大編集部」と名が入っている。その編集者様があらわれると、作家たちは地面に額を押しつけて平伏《へいふく》し「おねがいします」「どうか、おねがいします」「編集者様」と、自分の原稿を突《つ》き出すのである。編集者様は、そんな作家の群れを足蹴《あしげ》にしながら突き進む。餓《う》えで弱った身体《からだ》に強い蹴《け》りは辛《つら》い。打ちどころが悪く、そのまま屍《しかばね》をさらす作家もめずらしくはない。それでも「編集者様に蹴られて死ぬなら本望《ほんもう》」とばかりに、命がけで原稿を差し出すのである。

しかしその日、私は差し出す原稿が手元には無かった。半年前から用紙やペンを買うことができず、小説を平らな岩に石で刻んで書いていたからである。最初の数ページだけでも持参しようと思っていたが、五十キロ近い石の原稿を背負うだけの体力が、もはやその時の私には無かった。ただただ、名前と著作品のタイトルを連呼して、売りこむのみである。無論、効果は薄《うす》い。日も沈《しず》みかけ、もはやこれまでと思ったその時、「おい、コラ！」とN様が私の前にあらわれたのだ。

金の刺繍が夕日に映《は》え、目がくらむほど眩《まぶ》しかったのを今も覚えている。その足元に土下座すると、N様はおもむろに私の頭に右足を乗せ、静かに煙草《たばこ》を吸いはじめたのだ。銘柄《めいがら》はホープ。編集者様の吸う煙草は、ニコチンやタールをたっぷり含《ふく》んだピースとホープだけである。

一部、編集長様クラスになると、バハマ産の葉巻をくわえるようになる。

N様はギリギリと私の頭を踏《ふ》みつけながら言った。

「どうだ？　なんか、うちで書かねえか、おい？」

「ははっ！　ありがたき幸せ！　光栄に存じますです！」

足を退《ど》かし、N様は吸いかけの煙草を私にむけて差し出した。これは「灰皿を出せ」という意味である。この場合の灰皿とは、作家の手のひらを意味する。私はすばやく、水をすくうように、両手を合わせて差し出した。煙草の火の温度はおよそ七百度。それが押しつけられれば、当然のごとく皮膚《ひふ》は溶《と》け肉が焼ける。だが、耐《た》えねばならない。声をあげて泣き叫《さけ》べば「根性《こんじょう》なし」のレッテルが貼《は》られ、もはやどこの編集者様もその作家の原稿を読んではくれない。そして、ひとたび仕事となれば、うちあわせのたびに作家の手は編集者様の灰皿と化すのだ。駆《か》けだしの頃《ころ》は過酷《かこく》な洗礼であったが、数年もすると、手のひらが厚くなり、熱さを感じなくなる。十年も過ぎれば、手のひらは亀《かめ》の甲羅《こうら》のように固くなり、沸騰《ふっとう》したヤカンをも素手《すで》でつかめるほどになるのだ。十二年ほどこの世界で生きるSF作家のAT氏が、暴漢に襲《おそ》われた時、突き出されたナイフの刃《は》を素手でつかみ取ったという逸話《いつわ》は有名である。右手と左手を重ねて楯《たて》とすれば、おそらく口径の小さな銃《じゅう》の弾《たま》くらいなら貫通《かんつう》しないであろう。

ならば編集者様に灰皿は不要かというと、そうではない。編集者様の机には必ず鉄製の大きな灰皿があるのだ。煙草の灰を落とすために置かれているのではない。ききわけのない作家の頭を殴《なぐ》りつけるためだけに、置いてあるのだ。この世界で数年、生きのびた作家ならば、すばやく固くなった手のひらでその攻撃《こうげき》を受け止めることができるが、新人ではそうはいかない。軽々と殴り殺されてしまう。賞をもらってデビューしても、一、二作で消えてしまう作家が多いのはこのせいである。人ではない売れない作家を殴り殺したところで罪にはならないため、編集部では隠語《いんご》で「潰《つぶ》れた」と表現する。「十ぴき潰して、やっと一人前の編集者」という言葉があるくらいなのだ。そして死んだ作家の遺体は文字通り潰され、流れ出た血と油が、印刷所の赤インクとして使用される。つまり、あなたが手にしているこの本の赤色も、潰れた作家の血の色なのだ。残った肉の部分は、養豚場《ようとんじょう》へ運ばれ豚《ぶた》の餌《えさ》………

ガシャン！

し、しまった！　結界が破られた！

「黙って見ていれば、嘘《うそ》八百の戯《ざ》れ言《ごと》を！　もう我慢《がまん》なりません！　角川書店の社長が許しても、この九堂よしえが許しません。本物の釘《くぎ》バットの痛み、味わいなさい！」

ゲシ、ゲシ、ゲシ！　ぼき。ぐシャ。どブチュ！

「あ、九堂先輩《せんぱい》やりすぎです。作者さんボロボロですよ。もう再起不能かも」

「これは、うっかりしました。まあ、いいでしょう。次シリーズの㋸の連載《れんさい》も終わっているのですから、用済みです」

「ハーちゃん、作家の心配なんかしてる場合じゃないぞー。あとがきのスペースがもうなーい」

「サヤさん、だいじょうぶです。強引にあと二ページ、増やせばよいだけです」

「勝手にそんなことしてもいいんですか？」

「構いません。文庫は十六ページ単位で作られるもの。設定資料集が付くことになった時点で、総ページ二百七十二は確定なのです。あとがきが、あと二ページ増えたところで、後ろの広告が削《けず》られるだけのこと」

「でも、担当さんとかに相談してからの方が……」

「わたくしたち登場人物が、そうしたいと言っているのですから、それで良いのです。作者も担当も、わたくしたちの言いなりになるのが、筋、というものです」

「そうそう。読者だって、作者の戯れ言や広告を見せられるより、ハーちゃんのワイ談とかこっそり聞きたいだろうし」

「しません！　そんな話！」

「でもほら、三巻めの五郎八《いろは》温泉の時、酔《よ》ったアマタケがハーちゃんのバスタオルを取ったとか……」

「そんなこと、絶対にされてません！」

「おやー、ムキになって赤くなったところが、あやしーぞー」

「やめてくださいサヤ先輩！　読者の皆《みな》さんが誤解しちゃいます」

「すると、ぜんぜん、そんなことは無かったと？」

「……。酔った雨神先輩が、バスタオルを取ろうとはしましたけど……。でも、絶対に取られてません！」

「ほほう。するとアマタケが襲《おそ》って来たのは事実なわけだ。だとすると、バスタオルの上から抱《だ》きつかれたとか、胸を揉《も》まれたとかの被害《ひがい》が……」

　パーン！

「ウぴょーん！」

「サヤさん、いい加減にするのです。増えたページをあなたのワイ談で埋《う》めてどうするのです」

「でも、少しは読者サービスに……」

「そんなサービスは無用です。五郎八さん、まずは妖魔術《ようまじゅつ》クラブからのお礼を」

「はい。ホームページに、たくさんの妖怪目撃《ようかいもくげき》情報、ありがとうございます。今後も、募集《ぼしゅう》してゆきたいと思っています。でも、コメントの方がおいつかないかもしれません。ゴメンなさい」

「もう少し早めに結界を破っていれば、妖怪情報を抜粋《ばっすい》して、ここに掲載《けいさい》できたかもしれないものを。──誠《まこと》に残念」

「よーし。作者の戯れ言、全没《ぼつ》だ！」

「ダメですダメです。もう〆切《しめきり》で時間がないんです」

「わたくしたちが没にしなくとも、編集の検閲《けんえつ》で没になるかもしれませんよ。そうなることを祈《いの》っておきましょう。いずれにしろ、『放課後退魔録』は、これにて終巻です」

「でも、雨神先輩とナツメさんの今後とか、いろいろ残ってるように思えますけど……」

「そうそう。待望のＬマックスデートとか」

「心配いりません。次の『放課後退魔録㋑』に書き下ろされる『外伝』で補完される予定です」

「なんだか、ファイナルって言ってぜんぜん終わりそうにない作品みたいですねー」

「そうそう。主人公が死んでも、時系列がちがうとか言って再開しちゃうアニメとか」

「真の最終回とは、作者が決めるものではなく、天と読者が決めるものなのです。ともかく、わたくしたちも活躍《かつやく》する新シリーズの㋑、何卒《なにとぞ》よしなに。では設定資料集のページへ行きましょう」

「はーい！」

「あひゃっ。なんか踏《ふ》んだ」

「そこ、気をつけないと作者の残骸《ざんがい》で靴《くつ》が汚《よご》れますよ」

放課後退魔録

お蔵だし設定集

魅力的なキャラクターが
たくさん登場する『放課後退魔録』。
黒星紅白秘蔵の設定画を公開しちゃうぞ。
お気楽座談会と一緒に楽しんでね。

雨神丈斗

㋚「うぴーん。初期設定だから、なんかアマタケが初々しいぞー」

㊈「高校二年の妖怪化前の絵です。雨神さんがここまでパワーアップするとは、わたしくたちは無論のこと、作者さえも予想外だったようです」

㊄「主人公なのに、どうして顔だけで、全身の絵がないんでしょうか？」

㋚「ハーちゃん、それはね。野郎の学生服なんぞ眺めても、ちっとも面白くないからに決まってるぞー」

㊄「ところで、雨神先輩が死んだという噂が流れているんですけど……」

㋚「この作者ならありえるかも」

㊈「次の(る)を読めばわかります」

遊天童子

㊈「男なのか女なのか、読者からの質問も多く来ておりますが、残念ながら、わたくしたちにもわかりません」
㋚「妖怪だから、両方ついてるとか、どっちも無いというのもありかも？」
㊄「でも、妖怪さんになる前は、性別あったわけですよね？　それに雨神先輩の先祖ということは、結婚して子を残してるんじゃないんですか？」
㊈「わたくしの調査では、遊天童子には姉がひとりおり、その子孫が雨神家です。遊天童子は子を残してはいないのです。いずれにしろ、月華との関係や、妖刀と妖魂の活躍もまだです。今後を期待しましょう」

放課後退魔録
お蔵だし設定集

九堂よしえ

㊄「以下次号と言っていた、九堂先輩の悲恋話はどうなったんでしょう？」
㋚「それはもう、クラブ創設時の話と合わせ、本一冊分のエピソードが……」
㊈「やめるのです。もはや昔のこと」
㊄「それだと人物紹介になりません」
㋚「よし、かわりに秘密をひとつ教えちゃう。九堂先輩の眼鏡は、眼鏡っ娘を演じるための伊達眼鏡なんだぞー！」
㊈「サイボーグ化で視力が回復しただけです。だからといって、急に眼鏡をやめては不自然。そしてこの眼鏡には、サヤさんのウサ耳同様、妖力を高める装置が内蔵されており……」
㋚「ほーら、眼鏡にこだわってる」

放課後退魔録

お蔵だし設定集

彩音寺夏芽

㋚「すっかり影が薄かったヒロインだったけど、最終巻で大爆発だ！」
㊈「サヤさん、そうトゲのある言い方をするものではありません。今後は、仲間として共に戦うかもしれませんよ」
㊄「そう言えば、ナツメさんと私たちが会話するシーンって、不思議なことに一度もありませんでしたね」
㋚「もしかすると、アマタケの妄想だったとかいう、落ちだったりして」
㊈「ありえません。そんなことより問題が発生しました。デート予定先のＬマックスが、経営難で閉園決定です」
㊄「えっ！　ほんとなんですか？」
㋚「どうするアマタケ？　危うし！」

放課後退魔録

お蔵だし設定集

桜宮サヤ

㋚「でた！　ウサ耳の美少女！本来なら真のヒロインとして、Ⅳのタイトルは『サヤ』になっていたはず！」

㊈「嘘です。貧乳で色気がなく、なおかつ暴言を吐くヒロインなど却下」

㊄「あ、このウサギさんのリュック、かわいいですねー」

㋚「ほらほら、黒星さんの力の入れ方もちがうし、ウサ耳ヒロイン強し！」

㊈「ウサバカは我慢しましょう。しかし、あなたの淫猥な発言の数々、問題です。編集部や黒星さんが迷惑するだけでなく、娘に勧められないと嘆く、年配読者の意見もありますよ」

㋚「でもなかには、期待してくれる人も……」

放課後退魔録

お蔵だし設定集

寺流五郎八

㋚「それじゃあ、とりあえずスリーサイズから聞いておこう！」
㊄「あ、ずるいです。私の時だけ！」
㊈「サヤさん、聞いたところで自分が寂しくなるだけですよ。それに五郎八さんは、まだ成長期で身長も伸びています。当然のごとく、サイズも……」
㊄「もう、やめてください！」
㋚「ともかく、三代目のクラブ会長だから、ハーちゃんガンバレだぞ！」
㊄「え？　私が会長なんですか？　でも、私も今年卒業なんですけど？」
㊈「心配いりません。メラ星への帰省で出席日数が足らず、留年確定です」
㊄「いやーん！」

Illustration 黒星紅白

次巻予告

A next preliminary announcement

……そして物語は新たなる

るへ―

放課後退魔録る

妖魔術クラブに、新部員誕生？
キュートだけどワケありな美少女中学生・狛止米子と、
その米子を守ることを決めた少年・カネルをめぐる、
ハイテンションウサ耳妖怪ノベル新シリーズがスタート！
今までの部員も大活躍するので、お楽しみに！

○High tension USA-ear supernatural creature novel!

スニーカー文庫

放課後退魔録《ほうかごたいまろく》Ⅳ
ナツメ
岡本賢一《おかもとけんいち》

角川文庫 13588

平成十六年十二月一日　初版発行
発行者――井上伸一郎
発行所――株式会社角川書店
東京都千代田区富士見二―十三―三
電話　編集(〇三)三二三八―八六九四
　　　営業(〇三)三二三八―八五二一
〒一〇二―八一七七
振替〇〇一三〇―九―一九五二〇八
印刷所――暁印刷　製本所――コオトブックライン
装幀者――杉浦康平

S 142-4　ISBN4-04-425904-6　C0193

角川文庫発刊に際して

角川源義

第二次世界大戦の敗北は、軍事力の敗北であった以上に、私たちの若い文化力の敗退であった。私たちの文化が戦争に対して如何に無力であり、単なるあだ花に過ぎなかったかを、私たちは身を以て体験し痛感した。西洋近代文化の摂取にとって、明治以後八十年の歳月は決して短かすぎたとは言えない。にもかかわらず、近代文化の伝統を確立し、自由な批判と柔軟な良識に富む文化層として自らを形成することに私たちは失敗して来た。そしてこれは、各層への文化の普及滲透を任務とする出版人の責任でもあった。

一九四五年以来、私たちは再び振出しに戻り、第一歩から踏み出すことを余儀なくされた。これは大きな不幸ではあるが、反面、これまでの混沌・未熟・歪曲の中にあった我が国の文化に秩序と確たる基礎を齎らすためには絶好の機会でもある。角川書店は、このような祖国の文化的危機にあたり、微力をも顧みず再建の礎石たるべき抱負と決意とをもって出発したが、ここに創立以来の念願を果すべく角川文庫を発刊する。これまで刊行されたあらゆる全集叢書文庫類の長所と短所とを検討し、古今東西の不朽の典籍を、良心的編集のもとに、廉価に、そして書架にふさわしい美本として、多くのひとびとに提供しようとする。しかし私たちは徒らに百科全書的な知識のジレッタントを作ることを目的とせず、あくまで祖国の文化に秩序と再建への道を示し、この文庫を角川書店の栄ある事業として、今後永久に継続発展せしめ、学芸と教養との殿堂として大成せんことを期したい。多くの読書子の愛情ある忠言と支持とによって、この希望と抱負とを完遂せしめられんことを願う。

一九四九年五月三日

いつも「スニーカー文庫」を
ご愛読いただきありがとうございます。
今回の作品はいかがでしたか？
ぜひ、ご感想をお送りください。

〈ファンレターのあて先〉
〒102-8177 東京都千代田区富士見2-13-3
角川書店 アニメ・コミック編集部気付
「岡本賢一先生」係